奥八女山峡物語

椎窓 猛

峠

村の郵便配達は
村境いの一軒家にも
てくてく歩いていくのである

哀歓のハガキ一枚も
あるときは重く
あるときは軽い

ある日
岩ツバメが
ひょっこり郵便配達夫に
お辞儀をしていった

奥八女山峡物語＊目次

山峡かぎんちょ草紙

村

村はかって人間の故郷であった
胸底のなかで　村は青空をうかべ
地下水をこんこんとひめていた

その村にそびえた朴訥な森林を倒し
メカニックな化粧をこらした現代が
目に見えない鉄拳をふりあげ
村をならしてしまった

「カソカソ」と奇態なつぶやきをあげ
うつむいている村

しかしそれが文明であればそれもよい
それが現代であればそれもよい

うばわれぬ胸底の青空と地下水の声を
我らは密造して空洞の巷へ売りあるく

石子柿譚

筑後、肥後、豊後の三つの国境を集めた山がある。標高九百米余。三国山である。

筑後路から登るには、矢部川を遡行、国道422号線、柴庵《しばいお》の村落から右手の林道に入らなければならない。この途中に「石子柿《いしこがき》」とよぶ小字の地名がある。

私がそれを知ったのは、つい四年ほど前のことである。「石子柿」とつぶやいて可憐な地名だと思った。詩情さえ覚えた。

この「石子柿」を知ったいきさつについて語りたいと思う。

もともと私らの一族は、村では肥後境の険阻な山稜のなかに、お饅頭のようなおだやかなイラド山の麓に居住していた。

今ではちりぢりに分家してしまったが、昭和初年代までは大家族の世帯であった。四世代、小学校に通う子どもの弁当が厨に一ダースも並んだという記録的な話が残っている。

その子どものうちで傑出した人物が、銀五郎氏である。明治末年の生まれ。もはや七十歳を越えるか。分家当初は、ほそぼそ炭焼きぐらしであったが、戦後この方、村では五本の指のなかに入る山林所有者、山林商売にかけては、近郷に評判を売った敏腕家である。

この銀五郎氏は、ろくに小学校には行っていないと多くの村民が追憶する。いや、弁当を抱えては家を出るのだが、途中から「山学校」であった。「山遊び」である。当世では「登校拒否」といった症状である。その理由は「算術」が嫌いだったのである。とくにソロバンが苦手であった。机のうえで、ソロバンを玩具同然のとりあつかいをした。怒った教師はしばしば銀五郎氏を体罰に処した。ときには廊下に追放し、立ち番を命じる。この処刑を受けると、銀五郎氏は廊下から眺望される杉林を、ヒ、フ、ミ、ヨと数えていた。

後年、杉林の鑑定にかけては近郷一と畏敬されるような才分を発揮する素地は、この小学生時代に培われたのではないかという説もある。

「この山にゃのう。何年生の杉が何本たっていて、石数にすりゃ、コレコレばい…」と速刻の解答、それに誤差がなかった。山師たちは驚いた。銀五郎氏を手品師でも見るような顔つきであった。

こうして兵隊にとられる前に、山商売の腕で相当な資産を築いた。

召集を受けたさきは北海道方面であったという話である。村の多くの若者がビルマ方面で苛烈な戦死を遂げているのに、銀五郎氏は異例ともいえる出征地である。

敗戦となる。隊長はじめ兵隊たちは、われさきにとばかり、妻子の待つ故郷への引揚げに奔走、銀五郎氏は平然とかまえていた。

「早う帰えんなっせ。跡始末は自分にまかせなっせ…」と胸倉をポンポンと叩いて笑っていた。「落ちこぼれ」には、小学校時代から慣れっこの銀五郎氏であった。

基地の跡始末をつけると、軍服、毛布、地下足袋、残った物資の運搬を都合つけ、悠然と北の国から下ってきた。焼け跡の東京では日数をかけて見物した。軍隊持参の物資を商っては、材木の注文をとって帰ってきた。東京では女性とも懇意になってきたという噂がある。

山国の村に復員すると、さっそく戦災復興の一役と称し、木材を東京にむけ、さかんに搬出した。ある年の暮、集金に上京、列車の中から東京の女性に打電した。その打電に当っては、隣席の学生風の若者にピース三箱の煙草を代償に依頼したのであったが、宛先が反対になっていた。東京へ行くはずの電報が村の家に着いて、露見した。銀五郎夫人は激怒したが、「まあ、甲斐性のある男にゃ、ありがちのこと」と親族一同の慰撫によって納まった。

こうした杉材ブームも経済高度成長期に反比例して沈滞、外材の輸入が増加、山がさっぱり動かなくなった。こうしたころになって銀五郎氏の来訪であった。

石子柿

馬刺しの一皿をさげて

杉山を買わないかと

山商人の叔父がきた
豊後境いの山林
字石子柿２９６１㎡
所有者竹田鶴松

酒を酌みかわし
子細を聴けば
息子は関西へ出たまま
もう村には帰らないという

年老いた鶴松さんは
息子夫婦に厄介になるには
持参金幾莫かを用意しなければ
肩身がせまいというのである

翌朝　霜枯れの山路を

叔父の案内で
赤茶けた鉾杉と竹藪を生やした山林
地名・石子柿とよぶ場所を見た

だれが名づけたのか
イシコガキ
村の昔話がそこらに
埋もれていそうな地名である

山商人の叔父は
杉のふとりぐあいはええ
場所も搬出の便がええ
笑いながら二百万円
どうだときた

山商人の叔父には

杉の葉に埋もれた昔話や
今日　生まれそうな昔話には
まるきり勘定はなさそうである

こうして私に「石子柿」と題した一篇の詩作品ができた。考えてみれば、この一篇の詩を生みだす元手として、金二百万を必要としたことになる。

「石子柿」はある詩誌に発表した。その結果、過疎村の現代風景をきわめて諧謔的に描いていると、長崎の詩人山田かん氏より激賞を受けた手紙一通の反応のみであった。

さらには最近、村役場から「貴殿所有の山林石子柿２９６１㎡は、基幹林道開発のため買いあげる」との旨、一方的な通達がきた。価格は明記されていない。問いあわせてみると、「何分、国の補助がすくないので…」とアイマイな話である。

冬ざれの地名は悲し石子柿

小巻さんの微笑

この話は、前篇の物語「石子柿」とよぶ杉林のあたりに点在している村落の出身である児童劇作家栗原一登氏、それにご令嬢でかの有名な女優栗原小巻さんとの歓談記といったものである。

去る二月十九日、急な用件で東京へ出張することになった。目下、素浪人中の長女も帯同してやるかといった気持ちになったので、それをよろこんだ彼女は航空券の購入など自分から買ってで、万事手配よく筑後の山奥から、早朝、福岡空港に向ったのである。その日、山峡の手ぜまな空はこころよく澄みきっていた。福岡発は午前十一時四〇分の予定である。ところが東京は昨夜半のめずらしい大雪で、羽田からの便が大幅に遅れているといった放送がながれていた。待合室で煙のように時間をつぶし、ようやく羽田にむけ飛びたったのは午后一時四〇分近くであった。

日本列島東上の飛行は改めて気象のいちじるしい差異を感得させる。緑色の山肌に早春の気配を漂わせている背梁や村落も覗かれるし、白い波でフチドリをした海岸に工場をならべて、おだやかな風にまかせて柚子色の煙を噴きあげていたり、それかと思えば風光一変白雪をかぶった山脈の出没など、その変幻は万華鏡のようなくみかえを思わせた。

こうして羽田空港着は午后の三時をとっくに過ぎていた。なるほど滑走路のまわりは氷山でも落下したような除雪の塊りが見える。ひょいひょいと小リスのようにタラップをさきにおりていく長女は雪の残骸に肩をすくめ私に吃驚仰天といった表情でふりかえって見せるのだ。昼過ぎには到着と前日、出版社勤務の年若い親友Tさんに電話連絡をしていた。律義なTさんである。宿泊予定の五反田のホテルに待ち呆けではあるまいか、私は胸のうちに焦燥を覚えながら、モノレールに乗りこんだ。浜松町から山手線に乗りかえる。国電の窓から、東京の街々のビルは一様に雪をのせ、それがおりからの夕日でアカネ色に染められている。

——なにしろ東京は2・26の街だからな。

——2・26って、今日は2・19よ。

私のつぶやきは長女の六感にひびかないのである。かく云う私でも、2・26の昭和十一年は小学一年生にならずの齢だが、莫々たる恐怖の幻想が小さな脳裏に、小さな白い雪塊となって巣喰っているのだ。

2・26、この未明、陸軍の青年将校兵士の一軍が雪をけって重臣襲撃事件を起した。これから軍国日本へと方向がねじれていって、私らの小、中学生活は戦斗帽カーキ色の菜っ葉服を身をまとわされてしまうことになる。その首府東京の街並みの背景がヒヒたる雪に包まれていたとあって、なにやら少年の日の時代的痛苦といったものが、いま、眼にしている東京の雪塊から背骨をジンと刺してくるのだが、かたわら高度成長期の日本で育った長女は何を思うやら。往き交う東京の顔も、残雪に頬を白く冴え返らせてはいるが、こんな時代的な感慨を、ひたいにモズの糞のようにくっつけて歩いている者はあるやなし――。

午后五時ちかく、ビルの影がくろずんで、ようやく五反田駅前のホテルに入る。Tさんのメッセージが着いていた。到着されたら電話をください。電話をすると、ついさきほど出たとのこと。しばらくロビーで待って、なつかしいTさんの変りない若い顔が現れた。

――夕食をとって、六本木の俳優座に行きましょう。栗原一登先生が入場券をとっていてくださるそうで、劇はたしか六時半開演だったと思います。

私と長女は頷いてよろこんだ。

俳優座では、栗原小巻プロデュース公演の『恋愛論』が上演されている。この劇はソビエト・ロシアの劇作家サムイル・アリョーシンの作品で、演出もセルゲイ・ユールスキイというソビエトの人といったことは新聞の芸能欄で目にとめていた。こんな公演に招待してもらえるというのも同郷のありがたさ。九州からのおのぼりさんに寄せてくださる厚情である。それにかさねて、名だたる女優小巻さんにも面会かなえられるとは光栄な話である。

さて、筑後の奥深い山峡に、栗原一登先生帰郷墓参の日は、昨日のようにも回想されるがメモをとりだしてみると、昭和四十五年の秋のことである。先生が「石子柿」の村落を家産没落で去られたのは幼時、家財幾莫をつんだ馬車にゆられ、山峡街道をくだっていった輪だちの音がかすかに幻聴のように記憶されているといった話もあったが、以来、炭坑街を転々、ようやく北九州に落着いて、小倉の師範にも入れるようになったが、のちに志を演劇の道に求め、上京、児童劇脚本の執筆から演出、多彩な活躍で現在は児童演劇界の重鎮である。このようないきさつだけに先生ご自身が生誕の地をご存知なかったのである。先生の思いには祖父甚太郎の名前があるといったことから村役場の戸籍をめくりにめくって発見されたところが大字石子柿なのだ。先生のルーツが発掘された。石子柿の段々畑をのぼった二、三本の柿の木の下に小さな墓碑が銭苔をいっぱいつけていた。先生といっしょに私も合掌した。

その時の記念の色紙額はいまも、わが小舎の玄関に掲げられている。

矢部のやん七さんが
通うた路も
水に沈んで
秋が来た
しよんがな
あれもずが鳴く

こんな詩句に、日向神ダム付近の奇岩が軽妙なタッチでスケッチされている。

六本木の俳優座に車を走らせ、開演寸前の到着で入り口のところに栗原一登先生は待っていてくださった。ろくに挨拶を申しあげるいとまもなく席について舞台を見る。

プーシキンゆかりのクリミヤ半島の町で観光ガイドの女性さんに小巻さん、その美貌と見事なモスクワ語の解説に魅惑された青年と老弁護士ふたりをとりまくドラマである。闊達明快な小巻さんの演技のステップはまことにあざやかだ。二時間ちかい熱演に精一杯の拍手をおくった。

幕がおりてから、栗原一登先生をかこみ、一階の酒場で歓杯のグラスをあげた。それからとりどりの話題のなかに山峡の消息もはさんでいるところへ、小巻さんの出現で私どもはまた拍手した。舞台ではすばらしく大きく見えた小巻さんが、ここでは色白の美人とはいえ気どりのない楚々とした応対にさわやかな抒情を汲むような思いである。

小巻さんが『桜の園』の地方巡演の際、八女の方にも廻ったとき、楽屋に小巻さんの親類と名乗ってくる人の多さにとまどったといった話もでたが、私が小巻さんに語った石子柿の地名に「可憐な地名ですこと」と、共感の言葉はやさしい。それに栗原一登先生墓参の日の思い出が添えられた。

帰ってから女優栗原小巻サイン入りのパンフレット『恋愛論』をひもといていると、ソビエト演出家ユールスキイ氏の挨拶文に「思い出とは、われらの心のもっとも強い力なのか」という詩人プーシキンの言葉が引用されていた。小巻さんの微笑はほんとにきれいだった。

椿神の守刀

この話は、イラド山麓に屋敷をかまえていた椎窓一族の江戸末期から明治初年にかけての戸主藤兵衛どんが書きのこしていた手控え文書「椿神の守刀」をめぐる考証談といったものである。

むかし、六百余年のむかし、南北朝争乱の時代、後醍醐天皇の錦の御旗を奉じて九州下向の南朝軍が「この地こそ天険要害の地」といそいそ籠城したという史話をとどめているだけに矢部村山間は「ガ」とか「ギ」といった発音で形容したくなるようなトツコツとした山容が多いなかに肥後境にあたるイラド山は珍しく乳房のようなおだやかな稜線を見せている。こんな円満な山稜にイラドと名づけたというのは一寸腑に落ちないといった気もしていた。実は、イラドを漢字では「蚪道」と書くのである。私の父は嫡流ではなかったので、現在では４２２号線国道沿線日向神ダム湖畔イボシに分家居を構えているわけであるが、少年の頃には私の家の本家がイラド山麓ということについてずいぶんと気恥かしいような思いもしたものである。それは山の中のまた山奥ぐらしの「匈奴」でもあるかのような蔑称を少年の脳髄にしみこませるような空気が存在していたせいである。だが齢を重ねるにつれ蔑称という思いは薄れてきた。今ではむしろ詩情さえ覚えている。それは歳時記をひもとくようになって「蝌蚪」の季語を認識するに至って、私はイラドとは「おたまじゃくしの道」と解したのである。父につれられ、盆、正月の本家詣りにイラド山麓に登るたびに、谷沿いのくねくねとおれまがった林道は、まさに「おたまじゃくしの道」と呼んでも差支えはなかったのである。こうして本家はイラド山麓を背後に、実に眺望絶佳といってよい場所に屋敷をかまえていたものだ。前方はるかにゴゼン岳シャカ岳の連山が見渡せるし、周辺にはカシやクヌギ、それにシイの木などの林がゆたかに繁っていたし、少し離れた椿神の渕とよぶ滝壺のまわりには、呼称のとおり大柄の椿の木が幾株かあって、花の咲くころにはおびただしい数のメジロが群がっていたのも記憶している。そうしてここには「柳川より拾二里」と刻んだ柳川藩城下町よりの一里石さえ発見できて、むかしは街道並みの要所であったことも証明されたわけである。さらには東北の詩人宮沢賢治の童話「やまなし」に「もうねろねろ、遅いぞ、あしたイサドへ連れて行かんぞ」という蟹の親子の会話でのイサドとはと地名の語源を考究しているところに、イサとは砂地、暗礁の意と解かれるようであり、ついでイラドのイラとは、洞穴、傾斜地に多い地名、伊良、伊良湖岬、蚪道と例があげられることも判明してなにやらイラドなるの呼称にある種の風趣が喚起されてきたのである。

さて前がたりはながくなったが、藤兵衛どんの手控え文書「椿神の守刀」についての考証を語らなくてはならない。

椿神とは、本家の屋敷名でもあったようだ。一体に村落では家々にヒガシとかニシとか、ミノノシタといった屋敷名で呼びあう風習があったとみえるが、それは屋敷の位置を指している名称が多く簡略なものだが、ときとしてミノノシタとか、ツバキガミといった怪異な屋敷名も存在する。だがそれも仔細に考えてみると屋敷のかたわらに椿が茂っていて、その下に小さな祠がある故にそのような名を付与したに過ぎなかったようにもうけとめられる。

藤兵衛どんの手控え文書によると、いつのころからか、家には一本の刀が保存されておって、これが「椿神の守刀」と伝わって村落中の尊崇を集めていたというのである。

柳川藩何代目の城主であったのか、判明しないのであるが、「殿様、椿神の刀を所望され、御取上げになったが、刀掛けにかけておかれると、他にかけてある刀と毎晩毎晩、カチカチと切り合いの音をたてるので、殿様の眠りをさまたげ、かつ殿様も気味悪く思し召され、また椿神へ帰ってきた。そこで当主もよろこび、村中を集めて刀祭りの酒宴を催した。」

まあこんな山間桃源郷を思わせるイラド山麓とはいえ、ときに悪疫も流行したり、大飢饉に見舞われることもあったというが、そのたびに椿神の守刀を滝壺に沈めて白装束を着て村人らが祈願をしたという。そこで滝壺の名も椿神の渕と呼ぶようになって、祈願の折には、女性のみが滝壺に身をひたしたほうが一層の霊験があったというのだから興趣を覚える。

さて文政五年の夏を、藤兵衛どんはどのような調査に及んだのか、記録している。この年、九州一帯に「ころさい」という悪疫が流行した。「ころさい」というのはコレラのことか。「とんころり」とか「腹火事」とも言っていたとあるが村中怖れをなした悪疫である。このような悪疫がこんな山間までもどうして流行してきたのか、藤兵衛どんの推察では、肥後の国から祭文語りが持ってきたのではないかといった説をたてている。

この恐るべき悪疫がイラド山中に伝染し、一家全滅の家も出たり、今日は他家の弔いにでたものの、明日はわが身がホトケといったぐあいで、おろおろの状態。こうなれば、守刀に頼むほかはないと、衆議は一決。

イラド村落に生き残った人間そろって椿神の滝壺に集まって評議した結果、村一番の美人といわれるミノノシタの女房お慶さんが白装束に装って、渕に飛び込み守刀を沈めたがよろしいということになった。お慶さんの旦那は、断わりたかったのだが、村存亡の危機、だまって首肯、お慶さんは守刀を奉じて静かに滝壺に潜水していったのである。一同は眼をつぶって合掌、祈願した。なかにはこうした重大事にもかかわらずお慶さんの女体に好色の眼をそそいでいた奴輩もいたと藤兵衛どんは記録している。

この結果、霊験たちまちあらわれ、猖獗を極めた「ころさい」も水が引くように退散してしまったというのである。

ところでこんどは「守刀」を滝壺から誰が引きあげに行くかが村中の問題になったのである。

お慶さんが沈めに行ったからには、今一度、お慶さんに潜水を頼んだがよろしかろうというのが大方の意見であった。それについてお慶さんの旦那は首を振るのである。白装束に身を装ってはいても、水にぬれてしまうと、裸体同然、一度、お慶さんのそれを盗見したと思える村男らの、お慶さんを見る眼が妙になったと旦那が主張するのである。

そうしているうちに滝壺の底に沈み、魚鱗のように光っていた守刀は、驟雨の日、流れでたものか、姿が見えなくなってしまった。

お慶さん夫婦も村を離脱したと藤兵衛どんは世のはかなさを結論づけている。

毘沙門お堂

この話は、イラド山麓の椿神屋敷の隠居藤兵衛どんの書きのこし手控え文書から推察される善玉、悪玉型の村庄屋行状録といったものである。

ところで齢四十の半を過ぎると、いくらか生計にゆとりも生じたのか、早々に十七、八歳そこらの長子芳蔵に家督をゆずってご隠居の身分に納まった藤兵衛どんは、昼間から、はるかに見渡せるゴゼン岳真向いの座敷に坐って、陽気に浄瑠璃をうなってみたり、雨の日は百人一首、真贋のほどは知れないが「光琳かるた」を求めて、子女を相手にかるたとりに興ずるなど、夜半にはこっそり隠居部屋にこもって、百姓の分際でありながら、和紙に筆をとってはいわくありげに文を記すやら、このような文政年間とは、そもそも如何ような世相風潮であったものか。

時代背景といったものをとらえないでは、この話も他愛ない俚語俗話めいてしまうような気がする。

そこで私はひとまず長女が高校生のころに使用していたと見える前東京大学教授笠原一男著『詳説日本史研究』をとりだしてみた。

第三部近世の章に、化政文化期の論述があった。この期は「江戸時代後期、つまり享保から文化・文政ごろに至る時期の文化は、江戸風文化の成熟と地方文化の発達である」とあって、「諸大名の城下町の繁栄、さらに学者・文人の全国的な交流、農村における富裕な地主の成長、神仏信仰にもとづく巡礼や講の発達などによって文化は広く各地に伝えられていった」さらには「幕藩体制すでに深く根をおろし」「そのワクをはみだそうとすれば容赦のない弾圧」「このようなきびしい統制のなかで、抑圧された本能をかすかな風刺や皮肉の文芸に発散させ、愛欲と笑いを求めるようになっていったのは無理はない」

このような社会風潮が毛細管現象となって九州筑後山間寒村にも滲透してきたものか。むろん辺地の生活は貧困粗末なもので、藤兵衛どんの風流三昧は別格、山田での米の収穫はとぼしく、そこで山物三品といわれる和紙の原料となる楮や茶、こんにゃく芋、不足すれば椎茸をそえ、藩の方に上納するような掟が記録されている。

こうした上納物を采配するのが村庄屋であったという。藤兵衛どんはこれらの村庄屋らに対して評論家のポーズをとって、手控えに筆を走らせているのだ。

それをたどってみると、各村落毎に配置されている村庄屋にも、百姓村人の生活のやすらぎを願い温情をこめて見守っていくタイプと、反対に藩の威光を寸借、百姓らを睥睨威喝する悪徳タイプとが存在したかのように受けとめられる。

なにを思慮したものか、藤兵衛どんは姓名は挙げていないが悪玉型庄屋の行状一例をつぎのように記録している。

表題は「天狗松のたたり火事」それは川向いの藩領と察知されるが、野辺谷の水車曲りに枝ぶりのよい松の樹がならんでそびえていた。この三本松は木霊のやどる老樹ということで村百姓の畏敬を集めて親しまれてきたものという。松の根株のまわりには美しい川石が積みあげられていた。石は村の若衆が夜中、丑の刻に詣でて、一心に恋の成就を祈願してそなえたものである。それに三本そろって見事な枠を拡げているところから、おりに天狗連中が軽業修練に足をとめる場ともなって、村では「天狗松」ともよんだ。

この天狗松の無断伐採をもくろんだ庄屋は木挽きには「藩主さま巡行お泊り宿」の建築資材といいふくめた。無謀な殿様と木挽き連中は腹だたしく思ったものの、厳命、首にはかえられぬと鋸をためらいながらもあてた。こうして庄屋の屋敷に新館は竣工、落成いよいよ殿様を迎えようという前夜、火をだして全焼。庄屋は首を吊った。計略暴露を憂えたのである。焼け跡から小判がでたというが、「天狗松のたたり火事」として藤兵衛どんは記録した。

さてつぎの一件は善玉型庄屋行状と称し得るものか、否か。この年の秋は、天候不順であったらしく、年貢の山物三品の量がいちじるしく不足した。代官再三の督促に村庄屋は苦しんだ。ある夜、酒宴をもって代官をとりなそうと考え、平身低頭、屋敷に招待。村娘らの踊りやらを供覧いただきたいと賑いをひろげたが、代官は庄屋の女房に目をつけた。

「女房おこよ殿、眉目いと涼しげに笑みは花そよぐごとし、姿は柳腰嫋娜なり」と浄瑠璃調に藤兵衛どんの描写が見えるところからもひなにはまれな美貌の女性であったと想像される。

代官は「上納の物産不足の事情は承知。しからば、女房おこよ殿をしばらくの月、預り申したい」との難題である。「まあ、おたわごと…」と代官の言葉を苦笑の態で、庄屋夫婦やりすごそうとするが、代官の眼はあやしく女房おこよの手をとって離さない。庄屋はおろおろ閉口した。畳に叩頭合掌をくりかえすが代官無理無法。そこへ顔をだしたのが産物仲買商人要之介。塩一俵をもとでに近郷一の資産を成した才覚人である。代官の難題始終を聴いた要之介は代官の前に膝をすすめ、やおら盃を頂戴、少々声色づよく、「無茶な注文、代官様よ」とさらさら小判を眼前にこぼして見せた。代官は酔眼とろりと要之介の顔と小判の数を見くらべた。代官は黙って首肯。哄笑裡に盃をまたあげた。要之介の小判に救われて一件落着であった。

話はこれで決着となれば「善人庄屋夫婦めでたし」だが、この一件がとりもって、商人要之介と女房おこよに、なにやら恋情のきざしというのである。

イラド山の登り口に、まかど辻とよぶところがあって、毘沙門さんをまつった小さなお堂があった。このお堂が女房おこよと要之介の密会の場所になっているという噂がたった。

このよこしまな恋路の果ては、どのような道行きをたどったものか。藤兵衛どんの文書には記載が見当らない。ただ、おこよの恋唄といったものが、口承されているようである。

ひとつとせーなあ　こいさ
ひとりは庄屋女房おこよどの
ひとりは銭持ち要之介なあ　はい
てんこ　しゃんこ　こいこい
ふたつとせーなあ　こいさ
ふたばのかげから水がでる
その水おこよどのの化粧の水さ
てんこ　しゃんこ　こいこい
みつとせーなあ　こいさ
見るも見らんもよかおなごさ
てんこ　しゃんこ　こいこい
よっとせーなあ　こいさ
夜の夜中にあいびきお堂
銭持ち要之介に会いにおいでじゃさ

てんこ　しゃんこ　こいこい

毘沙門お堂は、昭和戦前の頃までは、村の若衆のあいびきの場として女房おこよの風儀にならったというが、今は風雨に朽ちかけている。

火の玉信者

この話は、星野谷との村境、山また山の奥の村里にたっていた小さな学校に通っていたタニハンという火の玉信者の子どもの話である。

ところで第5回の原稿を書こうと、椿神屋敷の藤兵衛どんに関係した私の考証ノートをめくっていると、原稿用紙二枚のマスを無視した草稿がそこにはさまれていた。

読みかえしてみた。その学校は昭和四十年代に過疎化現象によって廃校となってしまった。今では古びた校舎は茶工場と化し、校庭の一面は変哲もない茶畑になってしまっているとの話である。この草稿は二、三年ほど勤務していた若い女教師から聞いた山里の子どもの生活をヒントに、妖怪談を描こうとしたもののように思いだされるのだが、何故、中断させてしまったのか自分ながら不明なのである。

私の考えでは村の変貌は昭和三十九年の東京オリンピックから始まったようだが、ランプ暮しが電灯生活、そしてテレビが入り、プロパンガスがきて、炉端に吊していた「かぎんちょ」つまり自在鉤が消えたのである。

それまでは村に電線もなかったせいか、確かに晩にはよく火の玉が横行していたものである。それは流星だと説く人物もいたが、私たちの少年時代では、流星説は眉ツバものとばかり異端視していた。

火の玉については思い出がひとつ在る。あれは小学校四年生の頃であったろうか。学校へ通う路の途中に、ヨゴ松とよぶ赤松が一本そびえ、その周辺の草むらには、無縁仏の墓石が無数にころげているといった野ッ原があった。それがすべて石の地蔵さん風の墓石であるが首がない。むかし南朝方の親王さまが敵方に追われ、この山中に逃げのびられたおり、追っ手の軍勢がこの村落の罪もない子女を虐殺放棄した土地だという説もある。したがってこの路を通行するときには、ナマンダ、ナマンダと唱え、眼をつぶって走りぬけなければタタリがつくという説がついていた。

小学生の私どもはこの説を絶対的に信じこんでいた。そうして季語に云う「五月闇」の時期であったろうか。学校で遊び呆けての帰途、つれは同期生の女の子のサワちゃんと二人、この首のない石仏に、火の玉の首が坐っているのを見たのである。そのときの恐怖。冷汗たらしてサワちゃんの手をとって逃げたのは一目散。家に帰って恐怖を語ると、火の玉の里帰りという説であった。さてつぎに草稿の火の玉信者の山の子の話を語ろう。

タニハンはひょこひょこ谷にかかった丸太の橋をわたって、ほのぐらい杉林の闇からあらわれた。朝の陽がごんげん山のほうから、ちりめん織の帯のように白くながれてきた。瞬間、白夜の舞台にでも登場したかのようにぱちぱちとした顔つきで、田んぼの畦にタニハンは足をとめた。そこへだみ声がふりかかってきた。

「こら小坊主奴…いま塗りあげたばかりの田のアゼをふんくずしゃでけん」

農事実行組合長栗林仙吉氏が作業ズボンをたくりあげ、毛ずねもあらわに、山田のなかに、苗代の準備中で、顔には泥んこをつけ、平鍬を杖にして棒だちになっているのであった。

タニハンは、ちょいと鼻水をすすりあげ、仁王さんよりもけんのつよそうな眼玉をまじまじと見あげた。

「なんや今ごろ、学校はとっくにはじまっとるぞ！」

それにはタニハンは返事をしないで、

「仙さん、仙さん、きのうは学校帰りに、フントン峠の狸の穴を見にいったとたい。そしたらヨゴ松のほうから、ごんげん山の方に、ふわりふわりと二羽もつれだって飛んでいきよった」

「山太郎鴉やろ、奴らはフントン峠に巣をかけとるけんね」

タニハンは、またしても鼻水をすすりあげて、せっかちに頸をふった。

「ちがうたい。カラスや、なかとたい」

「すんならタヌキか」

「タヌキは二羽とは数えんとばい」

「すんなら、なにか」

タニハンは仙じいは馬鹿やないかといった顔つきで、間をおいた。栗林仙吉氏は早く答えんかいといった表情で、タニハンをにらみつけた。

「そりがない、火の玉やったたい」

「なに、火の玉ちゃ。なんで火の玉を一羽二羽と数えるちゅう馬鹿がおるもんかい」

「ばってんね。おっちゃん。空ば、飛ぶもんな、一匹二匹とはいわんちゅうて、おなご先生がいわしゃった」

おなご先生は、はるばると柳川の町から新任教師として赴任した村評判の美しい顔立ちであった。

「そりゃ、そうじゃろが——」

栗林仙吉氏は鍬の柄に両手をかさね、思案の態で口をつぐんだ。

「火の玉って、にんげんのたましいやね。たましいも、おとっちゃんとおっかあしゃんの夫婦のように二羽、ゆらりゆらり行きよるとを見たら、ゾッとしたばん」

タニハンはこんどは口をぬぐって間をおいた。

「ぼくあ、うちのおとっちゃんがおっかあしゃんを追いかけているように見えて、どうもへんな気分になって、フントン峠で腰がぬけてしもうた」

栗林仙吉氏は、この小坊主奴、フントン峠で、そのまま野宿であったと見た。タニハンの汚れシャツには草ぎれがくっついている。

「火の玉ってねえ。人間の霊魂とはいうけんど、なあんの、リンが燃えとったとたい。リンちゃね。雨のしょぼしょぼふった晩にできて天気になるとそれが蒸発して天に舞いあがるとたい。気にせんでもええ…」

「そうかなあ」と、タニハンは大人のしぐさで腕をくんだ。

「それとも、おまえはタヌキにたぶらかされたとちがうかい」

「んにゃ。やっぱ火の玉が飛んで行きよった。ごんげん山のとぺんの方へ、ふわりふわり二羽とも行きよった…」

タニハンは火の玉見聞の事実を、大人である栗林仙吉氏に理解させようと、こんどは手模様までくわえてきた。

栗林仙吉氏はなにやら阿呆くさい顔をした。「早く学校へ行かんかい。おなご先生が心配しとるにちがわん」

「こんどのおなご先生や、べっぴんやんけ、すいとる」タニハンは力んで胸を張った。

「なにを生意気いうか。早う、学校へ行って勉強せんと、この世の中からとりのこされて、それこそ、火の玉じゃぞ!」

タニハンはチェッと舌打ちをして、ぬりたての田んぼの畦を、ひょっこひょっこ蛙がはねるような恰好で飛んで行った。

学校の方の森から鐘がカンカンとひびいてきた。すでに朝の一時間目の終業を告げている鐘のようであった。

エノハ変化

村の奥深い溪流にエノハという魚がすんでいる。村では第一級の川魚として珍重しているが、魚類図鑑をひらいてみるとヤマメの地方名である。この話はこの魚が溪流にすむようになった由来を語るものである。

むかし矢部の奥のまた山奥の村落梅地藪《うめじやぶ》に股木惣平という庄屋がいた。五十八歳にしてはじめて跡とりの子どもを得た。太閤さまよりも年老いての子というので、行末を案じ、親子そろって至福千年でありたいと願って、千年と名づけた。母者と手をあわせて千年をていねいに育てた。その結果は顔はうらなりのように蒼白く、手足は白魚のようにひょろりんとやさしく齢をかさねていった。

やがては二十歳《はたち》にもなるではないか。もはや並の大人である。性急にあわてることはないが、ひとつ、ふたつと仕事は覚えてくれなければなるまい。親も七十八歳、さきながくはなさそうだ。千年やいよ、ほら、庭さきに梅の実が仰山についた。梅ちぎりでも見習ったらどうか。そもそも梅地藪とよぶ地名だけに梅の木の多い村落である。桃源郷ではなく梅源郷といってもよろしくへんぴな村落にしてもくらしに恵まれた高地で、梅の実の評判は近郷一円に知られていた。もうかっていたのである。惣平が梅の木にゆびをさして、千年をうながすと、千年はひたいに梅干のようなしわを寄せ、見ただけでおらァ、酸っぱか、酸っぱか、あごが落ちたらどうしょうかと、赤子のようにいやいやと頸をよこにふる。梅の実がこぼれてしまい、真夏の日がくれば、雑木林のみくら峠あたりで村男たちは草を刈る。千年も草刈りぐらい見習ったらどうじゃ。ほりさこの鍛冶屋から上等の鎌を求めておいたと惣平がいうのに、千年は波打った鎌のはがねをじろりと見たが、みくら峠にゃ、どうらん蜂が巣をかけているという話。蜂に刺されたら、いちころおだぶつというではないか。千年は合掌して動じない。秋がすぎて、みくら峠にちらちら小雪が舞ってくるころから、村男たちは炭を焼く。惣平の山ではかまが三つほどもあって、雪空のなかに黄色の煙をあげている。どうじゃ、炭焼きの仕事は面白いものじゃ、かちんかちんに焼けた木炭を、ちょいとゆびで弾じてみろよ、いい音色でのうと、惣平はこれまでに閉口して見習えとは言わなかった。指導の手口を三晩ほど熟考しての口説であったが、あんなもくもくの煙のなかではのどぼとけさんがなんまいだ。それにせっかく色白の美男子に生んでくださったこの面を炭で汚しては申し訳がない、小さな声で嫁にきてもあるまいと理屈をつけた。実は炭焼きの手伝いに器量のよい娘をやとっていた惣平の思案がはずれた。惣平は落胆した。阿呆、あんぽんたんと絶望した。村人もなまけ千年どら息子と惣平に同情した。

惣平は見限った。放逐を決意した。あんぽんたんは八ツ滝の椎茸小屋にでもでてうせろ。この叱責に千年は岩よりも簡単に動じたのである。満面喜悦。千年は手製の釣り竿一本かついで梅地藪をあとにした。こりゃこりゃ千年やい、釣り竿一本ではどうにもなるまい、米三升ぐらい背負っていかんば…と追いすがるような老いた母者の声。これはありがたいと直観したのか、素直に背負ってよろけた足どりであった。さいなら、おかんも達者でと一言二言。千年は川沿いに八ツ滝の上流をめざした。

八ツ滝はごんげん山の麓、鬼の舌のような岩壁から八条の水が流れおち、水しぶきは虹色に光って景観は格別であった。周辺にはケヤキにツゲ、エノキなどの樹木が丈高く繁茂して、なにやら霊験といった気分に包まれる。小屋にたどりついた千年は山伏修験者の風情で、なむだいごんげんとつぶやいて背負った米袋をおろして、しばらく瞑目した。これからの暮らしを思考したようでもあった。

決めた。昼前は山菜とりやら山芋ほり、昼をすぎたら八ツ滝での釣りという日課である。滝壺では小魚がよく釣れて焼き魚のおかずが美味であった。千年はのびのびと快適な日を送った。こうしてあたりの樹木から、かなかなかなと蜩が鳴いて夏の日もおしまいという時節であったろうか。淡い闇のなかにゆかたを着た年頃の娘がびっこをひきながら一人でにとぼとぼと歩いてくる姿が見える。千年はたちすくんで娘を眺めた。どげんしなさったんかのと声をかけた。娘はだまったまま、手模様で、小屋に泊めてほしいと頼みこむしぐさである。こころはやさしく育った千年である。小屋へ手をとって案内した。娘の手は少々生臭かった。千年は年頃の女性のかおりと思った。娘はすねに傷を負っていた。わなにかかったように青くはれあがってもいた。千年はていねいに親切に看病した。お粥もはりきってこさえた。口をきかぬ娘だけにいっそういじらしく面倒をみた。七日もたつと娘の傷は快方にむかった。千年は夕ぐれに川魚釣りにでかけると、娘は夕餉のしたくに手をかすようにさえもなった。山伏修験者の孤独もよいが、このような娘との明けくれも悪くはないと千年はときおりひとりでにんまりと笑っていた。

　また日は過ぎて、そろそろと風は冷涼となって、ケヤキやエノキの葉は黄色味をおびてきた。それでも千年は夕ぐれには竿をかついででた。釣り糸をたれる。ところがこの日にかぎって一匹もつれないのである。娘は待っているだろうが、手ぶらで帰ってはお笑いぐさだ。千年は気ながに、気ながにと呪文のように唱えながら糸をたれていた。あたりに夕闇がおちてきた。あきらめるか、娘も心細い思いで待っているにちがいない。帰り支度をはじめた。そのとき溪流にはらはらエノキの黄葉がこぼれた。滝壺に舞いおちる黄葉もあった。風のかげんでもなさそうである。舞いおちる黄葉を追っていると、どうだ。エノキの葉っぱはみるみる魚のかたちに変化した。千年は雀躍、ふたたび釣り糸をたれた。これまでに見たこともない魚が釣れた。側線にそって虹色の筋をもった美しい魚である。千年は娘の笑顔を期待して帰りの足をいそがせた。おい、きれいか魚がおったど……。小屋には娘の姿がなかった。消えていた。千年は呆然となった。じっと板張りにしょげた眼をおとしているとそこらに散らばっているのはカワウソの毛ではないか。そういえばエノキの幹を掌でたたいていたけものがおったような気もする…。千年はこのめずらしい魚をみやげに梅地藪の家に帰って、惣平をよろこばせた。

少年の頃、寝物語に祖父からエノハとよぶ魚の由来ばなしを聞いた。そして今、歳時記をひらいて見た。「獺の祭」という季語がある。このカワウソはみずかきをもちよく泳ぎ魚をとる。ところがそれを岸にならべてなかなか食わないという習性があって先祖の祭りをしているという俗説が生まれた。明治の俳人子規はこのカワウソの習性と多くの書物をならべる自分のくせとの類似から「獺祭書屋主人」と号したとしるされている。

肥後への道ゆき

去る夏の日に、親しい仲間とつれだって、県境のほしわら峠を越え、肥後の菊池市隈府の町までドライブをした。仲間のひとりが、その町の城山公園にある徳冨蘆花の碑を見学したいと突然いいだしたからである。思えば遠くなりし明治期のベスト・セラー「不如帰」の作者をしのぶ一日も、現代ばなれの小旅行として面白いという気分になって賛同した。

蘆花が九州で海遠い地方といった「思出の記」の一節が実感される丘陵に建てられている碑をとりまく木立は蟬時雨であった。ここで私は蘆花がこの町から妻愛子を迎えていたことをはじめて知った。

帰途、茶屋めいた店にたちよって、みやげに「メロン饅頭」を買った。

こうしたささやかな旅から、わがふるさとの相撲とり源作さんの話を思いだした。

それはそうとうむかし、イラド山麓椿神の家に、源作という若者がいた。まんまるの顔だちで、いつもやさしく笑っていたが、村では怪力の腕前で評判をしていた。八つにもなろうかというときにカシの一本かるく手折って村びとを瞠目させた。それから十年たったら、イラド山のてっぺんで、であったという大きないのししを背負ってうれしそうな顔でもどってきたのである。村びとはさらに瞠目した。源作はいのししと相撲をとって上手投げをくらわせた。村の衆がそれはすげえと手を叩いたら源作はなんの、なんのじゃろのう、いのししがふの悪か、よこにとんがった岩があってのう、それに頭を打って脳震盪であろうと照れくさそうに頭をかいて笑っていた。

その晩、イラド山のいただきのあたりからなにやらたんぽぽの綿毛のような白いものがちらちら舞いおりてきていたが間もなくおおきな牡丹雪であった。炉端でいのしし料理でどぶろくを飲むのには、非常にふさわしいときになったものである。椿神の家では、村の衆を呼びこんだ。村の衆もいのししと源作との相撲の大一番、好取組みの話を、もっともっとくわしく聞きたいと、寸志にねぎの一束やら大根二、三本、里芋少々を手に椿神の家に集まってきた。源作とくらべたら、線香とでもいいたいくらいに痩せほそった父親の笹太郎は相好をくずして、あがらんのう、さあさあと招じ入れるのであった。

鍋に煮こまれたいのししの肉に舌づつみを打ち、どぶろくを飲みかわしているうちに、てんじんしもの家の親爺が、いっそのこと、源作どんは、肥後の熊本にいって、ほんなもんの相撲とりになったらどがんか、その腕前を、山んなかのただの木こりにくすぼらせてはもったいなかといいだした。てんじんしもの男がいうのに、肥後の殿様は相撲好きで、相撲とりをお抱えになさる、それにはまず力試しがあって、八十斤から二百斤の石を持ちあげさせられるそうだが、源作どんは大丈夫じゃねえかのう…。どこから聞きこんできたものか、てんじんしもは奇妙に世間のうわさを集めこんでいたものである。

乗り気になったのは父親の笹太郎、みんなのすすめで源作はいつもの笑顔を消してうなづいた。

正月がすぎて源作は肥後熊本のお城にむかって旅だった。ほしわらの峠を越えたら、あとはだらだらの下り坂とはいえ遠い路のりである。源作はさっぱりとした木綿の着物にちょいと尻をからげてわらじばき。村の衆はかれの出世の日を祈願して総出で見送った。源作はむりな笑いで村の衆にお辞儀した。よこで母親だけが、水には気をつけろ、出世にはなんといっても辛棒だよ、でも辛棒しきれなんときはつまらん了簡なんぞおこさんで村にもどってこんのと、小声でささやいた。

湯の町隈府で、日が暮れた。源作は行くさきざきの路銀を考えて、人っ気のない町はずれの小屋に軀を休めることにした。慣れない旅のつかれでぐったり寝込んでしまった。いく刻、眠ったであろうか。どやどや人声である。こりゃ、死人か、いや息しとる、すやすやと息しとる、何者か、棒でつつかれ、源作は飛び起きた。源作をとりかこむひげもじゃの男らに笑顔でわけを話した。源作のゆったりとした話しぶりに、ひげもじゃのなかの親方はおもしろい若者じゃ、こんな物置き小屋じゃ寝苦しかろ、家にこいと親切な声をだした。

親方の家は、赤松の林のなかのさして上等とはいえない草ぶきで壁はところどころ崩れこけていた。親方のしごとは井戸掘りの職人組の頭領であった。熊本のお城の井戸掘りもなんぼかしたというのであって、殿様の相撲好きについても、くわしく語らい、だがのう、お抱えの力士にとりたてて貰うには、ざっとはいかぬ、手びきも必要、前途は至難と太い眉根を曇らせた。それから城の井戸掘りに狩りだされ、放逐された身分であること、城中機密漏洩のおそれから、多くの職人は殺害の憂き目をみたが、俺はその代りに好色な奉行から女房を妾にとりあげられ、人質をあげて一命をながらえていると、一人の可憐な娘をかえりみて苦笑。源作ははじめて世のこわさというものを覚えた。

だが青雲の志はいつの日にかと夢は胸に、源作は親方のしごとを手伝いながら、機会を待って辛棒した。おりおりに、各地の神社で催される草相撲に飛び入っては、勝名乗りをあげた。声援にいつもついてきた親方の娘がぱちぱち手を叩いてよろこんだ。ひげの職人のところには怪力の若者がいると話がひろがった。それはこの一帯の町や村をとりしきる奉行の耳にも達した。

ある秋口の日、奉行がきた。源作の身分をとりしらべるというのである。ひげの親方も娘も、そして源作も、召し抱えの日がきたとばかりよろこんだ。娘はなにくれとなく奉行を歓待した。ところで条件として娘も城中へ奉公にあげぬかというのである。それを承知ならば殿に源作召し抱えの段をおとりつぐ。源作はふっと頬をあからめた娘の表情に苦慮し、一晩の思案を奉行に懇願した。

その夜、源作をまじえて親方に娘、三人で相談した。親方は腕をくみ、よかろう、お前の出世のためなら娘も城にあげようときっぱり断言した。娘のゆくすえを案じる源作は親方の前に手をついた。親方、かやさまをお城へ生け贄にしてまで相撲とりになりたくはござらぬ、今宵かぎりにおいとま申します。村へ帰って百姓を…。親切は忘れませぬと、源作は早々に身仕度をはじめた。そうか、なにも力士だけが出世でもあるまい、ところで最後のたのみじゃが、お前さん、かやを嫁につれていってくれまいかのう。源作は赤面した。

親方に見送られ、源作とかやはまっ赤な彼岸花の咲く肥後路をあとにした。かやはいくたびも親方に手をふった。源作もかやのしぐさをまねて手をふった。

イラド山麓の村びとは、女にたぶらかされて相撲とりになりそこねたと失望、そして嘲笑った。源作若夫婦は何一つことわけするでもなく、もくもくと百姓に精をだした。山をひらいて田んぼを幾枚もつくった。今もイラド山麓には、源作田とよぶ田んぼが稲の穂をそよがせている。

かろてぼの娘

からいてぼ。
かりてぼ。
かるてぼ。
かれてぼ。
かろてぼ。

テボとは、筑後の山村で、竹で編んだ籠のことをいうのである。そのテボにもいろいろあるが、茶つみてぼ、花てぼ、芋洗いてぼなど、用途によって呼び名も籠の形状もかわっている。「からいてぼ」というのは、背負い籠のことである。それはいくらか紡錘形状に編まれ、小学生が背負うランドセルのように両肩から脇にかけての負い紐がつけられている。へんぴな山の麓あたりに住む村人にとっては、重宝かつ簡便な運搬用具として愛用されたものであった。

ある時期、ある新聞の日曜版に、滝平二郎氏の「きりえ」が連載されていた。その絵は思い忘れていたふるさとの風趣をたたえるもので、多くの読者に、郷愁の情を呼び覚したようであるが、それにもしばしば竹の背負い籠姿の姐やが描かれている。

秋の七草を探しにいく姉弟。小さな坊主頭をかしげている吾亦紅。はぎにすすきの通りがかりのヤブ。棒ぎれを手にした弟をふりかえる赤い着物の姉は、竹籠を背負い乳房のあたりにかかる負い紐の左右に手をかけている。

そんな何気ないしぐさに、村のくらしの「歌」がともっているのを読む。「きりえ」の画集によれば、滝平さんは茨城生まれの人とある。この地の歌人長塚節の「土」なども頭にかすめ、竹籠が広く民具として農村に生きていた時代を考えてみた。

ところで九州この筑後山村では、籠をてぼと称し、それも村落によって、籠、つまりてぼに冠する語が「からい」「かり」「かる」「かれ」「かろ」と、発音に微妙な差異があった。東の方の村落では「かりてぼ」西は「かるてぼ」南へ行けば「かれてぼ」北は「かろてぼ」といった具合なのだ。しかるに街道筋の村の中央あたりの者は「からいてぼ」と呼んで、何やら正当ぶったところがある。かかるこのような変化の様態について、言語学的な解明ができたら面白そうだが、もはや、この民具は前世紀の遺物となりはてている。

村の奥の道をたどっても「かりてぼ」「かろてぼ」姿の姐やの姿は見当らない。ちょいとした山畑にも、姐やは軽トラックを運転するのである。激動変化の現代山村である。

こうした山村の来しかたから、忘れさられようとする民具の一つ「かろてぼ」の娘の話を一筆描いておきたい気になったのは、急速に秋の気配が漂って肌冷えを覚えたせいであろう。亡びしものはみななつかしきといった心境の胚胎である。

このもみづる山麓の里は、北の方にあって背負い籠は「かろてぼ」と呼ぶのである。街道筋の店へ、塩買いやら、魚を買いに山を下るには「かろてぼ」を背負って下る。下りには、芋、こんにゃく、ごぼう、大根などを入れて下っては、塩、魚に銭不用ということも考えた。交換をして戻るのである。だが、小学校の高等科をでて、もみづるの藁屋根の分教場用務員に雇われたミヨコの「かろてぼ」は、まことに多様な物をいれこんだ。

ミヨコの家は貧しかった。母を早くなくして、木材搬出人の父親と二人暮らしであった。給金が貰える用務員に分教場の先生が採ってくれたと父親はよろこんだ。春の晩、父親はたんねんに娘のために「かろてぼ」を編んだ。負い紐はミヨコが母親の古着を使って色とりどりにないあわせた。その「かろてぼ」を背負って分教場へ通った。なにも女学校へあがらないでも勉強できると思った。分教場には独学で先生の免許状もとったという坊さん先生がいたからである。ミヨコは算術がうまい、頭のいい娘であった。だが運の悪いことには勉強ができにくい世の中になりつつあった。

昭和十七年の夏のころには、ソロモン海戦でわが艦隊は打撃を受け、やがては米軍、ガダルカナル島上陸。坊さん先生も分教場の子どもたちに「欲しがりません勝つまでは」と毎朝の集いに唱和させるようになっていた。

でも分教場の空を流れる雲は何一つ変ったことはない。ミヨコは分教場の始業の鐘を叩き、掃除をしたり、花の水かえ、ときに雑巾を縫い、紙縒をよったりして過ごし、月に一回街道筋の店を下る用事をした。「かろてぼ」を背負って下るのである。それは気分が変って楽しみであった。

春の三月の「かろてぼ」には、分教場の子どもたちの新しい教科書を背負ってきた。みんながみんな新しい教科書を使うのではなかった。上の学年の子からゆずって貰うのだ。だから「かろてぼ」満載とはならない。

夏の五月には、石油の缶を背負って登った。この村里はランプ暮らしだった。分教場の先生はよく勉強するので、油が要った。さすがのミヨコもこの「かろてぼ」は軽くなかった。ひたいから汗をながし、背はびしょびしょとなった。

秋の九月には、子どものノート、鉛筆、色紙などを買ってきた。帰りを待っている分教場の子どもたちが、崖のうえの運動場から、大声で「ミヨちゃん、おつかれさん」と呼びかけた。その声は、秋風に乗ってミヨコの胸もとにきた。

さらに晩秋十一月には、「かろてぼ」に魚を買ってきた。村中、鯖寿司をつくって、明治節を祝うのであった。

師走になれば、スルメ、コンブを「かろてぼ」に入れてきた。駄賃だと笑って、分教場の先生がスルメの足をちぎってくれた。

分教場の「かろてぼ」はこのように年々歳々くりかえされて、ミヨコも十七、十八、と歳をとって器量よく女らしくなっていった。

こうしてミヨコは、分教場の先生にほのかな思いを寄せるような気にとらわれている自分を見た。家のうらの栗の実がはじけると、父親にだまってこっそり先生にとどける。父親がひまひまに栽培したしいたけを持ちだすこともあった。先生は「親の心づくし」とよろこんでいた。

ところが晩秋、村里の稲が刈りとられた頃であった。村の学務委員が分教場にスカートをつけたハイカラな女性を案内してきた。先生に見合いさせたのである。接待役のミヨコは狼狽した。そそかしく手もとがくるって、湯呑みを三人の前で、とりおとした。学務委員は嘲笑した。ミヨコは赤面した。スカートの女性の視線が痛く顔にきた。とりなしてくれる先生の声も、うらめしく耳にしみた。

その夜、ミヨコは行方が知れなくなった。

消防団がでて、村の山々を探し廻った。翌日もなんの手がかりもなかった。三日目のことだ。もみづるの渕に「かろてぼ」が沈んでいるのを、村の爺さんが発見した。消防団が水に潜って引揚げてみると、「かろてぼ」に石ころを背負ったミヨコであった。

ミヨコの弔いが終って、分教場の先生は辞表をだして村をでた。その先生は沖縄で戦死したというわさもあったが真偽のほどは判らない。

カッパのソネ歩き

カッパ。

河童の物語といえば、なんといっても亡き火野葦平先生が第一人者であった。葦平先生のおびただしい著作のうちで『河童曼陀羅』がいちばん豪奢で、貫禄と慈愛にみちた著書として装幀され、世に刊行されている。こうした点から考えても、葦平先生を第一人者として推挙することに全国の河童伝説ファンをはじめ、皆々、異論の余地はないと確信する。

さて『河童曼陀羅』は千変万化、四十三篇ほどの河童譚によって編纂されているのだが、ざんねんなことに矢部川源流に棲息する河童一族までには葦平先生の筆は及ばなかったように見受けられる。今にして思えば、葦平先生は夭逝であった。享年五十三歳である。あとしばらくの天命あれば、葦平先生の豊饒な才筆によって辺境山間名もなき河童群像の哀歓が描かれ、かつ『河童曼陀羅』の一巻に登録の栄誉に浴したのではなかろうかと追憶するものである。まことに遺憾のきわみである。

ことここにおいては葦平先生の河童群像に寄せられた遺徳をしのび、へんぴな峡谷に息づく河童一族の動静なり行状譚を、わが身の禿筆をかえりみず一文を草して亡き葦平先生の御霊前に捧げ、御一笑、または微苦笑賜われば、このうえもなきことと、秋風とみに寂寞の情をつのらせる山峡陋屋の書斎に坐して禿筆をとる次第である。

イ

極暑つづきの七月、朝靄の深い早暁のことである。村庄屋やましげ屋敷に雇われの作男赤十は鬼淵の川しもに昨晩しかけておいた鰻とりの籠をあげにでかけた。

鬼淵と村人が呼ぶ川のよどみは、ぜんもん岳の南から、北のごんげん岳から奔りでた谷川とが合流し、深い水量をはらんでいた。深遠幽邃とも形容される風致である。その水面には、山峡のどまんなかに馬の鞍を置いたような城山の影が陽のつよい夏にかけては青黒く落ちていた。往昔、城山に籠城した敗色濃き南朝方の残党が四方八方から軍勢に包囲され、兵糧を断たれてしまい、ついに絶壁より身を投じた淵だともいうのである。これらの残党の亡霊が妖怪にも転生、カッパと変化し、鬼淵に棲息するに至ったという説もまことしやかに付着した。そんな想念を重ねて鬼淵のよどみを凝視すると、妙にうそ寒く鳥肌だつような霊気に包まれてしまうのである。

だが作男の赤十は、左様なモウリョウチミな伝説は毛頭頓着のない人間であった。ひょいひょい気軽に籠を沈めている瀬を渡りかけた。川苔に足を滑らせ、瀬に左の片手を着いて腰をあげたときに、鬼淵の水面を見た。「ひゃ。カッパが浮いとる」カッパの川流れかと赤十はよどみに眼をこらした。「ひゃ、黒い髪、おなごの川流れだァ…」赤十は鰻の籠あげはたちまち放念、ばしゃばしゃ水しぶきあげて一目散、鬼淵から駈けあがって、まだ眠りをむさぼっている村中に大声をあげながら走り廻った。
「おい、おきろ、おきろ、おなごがカッパの尻ヂゴぬきにおうとるぞ！」

ロ

ときおり夏の季節には、村の子や馬、牛などが鬼淵で水難に見舞われることはあった。村ではそれを「鬼淵ガッパの尻ヂゴぬき」と恐れた。ヂゴとは、臓腑をいう村の方言である。だが年増のおんなが災難にあったのは、はじめてのことだと、村人は口々に噂した。

ハ

「まさか、カッパがやましげ庄屋の女房を盗みどるこつはあんめえ」「ひょいとすると赤十がたぶらかして溺死させたんではあんめえ」「そりゃ、わからんばい」
村人の取沙汰は、ひょいと秋口に草むらに火を噴いたように咲きだすヒガン花のようなぐあいでもあった。

ニ

やましげの屋敷では毎朝、赤十夫婦が庄屋からきびしい折檻を受けた。銀杏の樹の下に土下座した夫婦の背に竹のムチがはねた。

ホ

銀杏の葉に黄色味がでた。仲秋に近づいたのである。折檻は続いていた。これまで黙って耐えていた赤十がはじめて申しでた。「庄屋さま、なげしの刀を一晩、拝借願います」「なにを企むのか」「カッパ奴に復讐いたします」

へ

語りおくれたが、鬼淵のカッパ一族は、仲秋名月の前夜には、よどみの川底を立ち去って桃の節句までの間、城山で山籠りをする風習を持っていた。それは鬼淵の青黒い水面が秋の深まりといっしょに透きとおり深い川底までが人間の眼に見とおしになる。一族の生態があらわに透見されることにカッパの神経は耐えられない。せんさいな羞恥心を持っているのであった。

山登りの晩がきた。頭領の合図で、頭の皿の水かえの儀式がすむと、一族は手に手に芒の穂をかざし、ぐじゅらぐじゅら嘴を鳴らし呪文めいた合唱で、頭領を先頭に隊列を整えた。

この行列に斬り込みをかけようと赤十は刀をぬいて、城山の麓の杉の根株に潜伏した。

赤十の斬り込みなんぞ露知らぬカッパ一族は、機嫌のよい歓声をあげながら杉の林にさしかかった。

刀が月光にきらり光った。「やい、カッパの尻ヂゴぬき奴！」危急と見た頭領は自らの甲羅を後手に叩いた。どっとこしゃりしゃりと奇妙な騒音の瞬間、カッパの一族は宙に舞いあがった。赤十は呆然と空を見あげた。月光の夜空に幾枚もの陣笠が乱舞するような奇怪な風情であった。

やがてそのおどろおどろかしい編隊は、やましげ屋敷の上空を旋回するのであった。ぐじゅん、ぐじゅんと頭領の合図で、カッパの青生ぐさい脱糞投下が開始された。

ト

カッパ襲撃の一夜があけた朝、村中に草の葉に記されたチラシが散乱していた。「庄屋は作男の女房に懸想しておった。それを知った庄屋の女房は嫉妬に狂い、鬼淵へ身を投じたのだ。それをカッパに罪を転じるとは、因業な人間ども、恥を知りやれ」

チ

やましげの庄屋は所業を恥じた。女房供養に鬼淵の水辺に小さな観音像をまつった。さらにはカッパ一族に胡瓜の兵糧を毎年贈って謝罪の意を表した。カッパの爆弾に頭髪を剝ぎとられ無残な頭となった庄屋ではあったが、業の刻印とあれば致し方ない。

リ

この騒擾から、鬼淵のカッパの城山登りの仲秋名月前夜には、村には城山の背梁は歩いてはならぬという掟が生じた。村では背梁をソネと呼ぶが、その日は「カッパのソネ歩き」と伝え、鬼淵の観音さまに世の平安を願って静かに合掌するようになった。

村落風景

蛇のような山道をのぼる奥深い村落
つつましく雪のマントをきた藁屋根

炉端のすすびかりした自在鉤は笑っていた

衣裳も皮膚も一枚のようで
軒辺の五エ門風呂は
湯の花に匂った

井戸端の鍋
冷い清水に　ハヤのひれ
そして若い嫁の涙

三十年ぶり
老行商の男の眼に
つるべが井戸端に　ポカンと痴呆の景色を
映していた

キツネ化身談

ざっとひと昔。

おゆき婆さんの話である。

「キツネどんはのう。春のしまいごろに子を持つが、ニワトリの生首の血をすすらせんと子ギツネの眼があかんち……。そりでおぼろ月夜の晩に、よく村のニワトリは盗られてのう。あれこれ男の衆は、キツネ退治のわなを工面してしかけたもんたい……」

そんな話を聞いて——。

陣床山の芒野のなかで、青白い焔を焚いて巣ごもりをするめおとギツネの生業の悲しみといったものが少年のころの小さな胸の奥にすとーんと落ちてきたのを今も覚えている。

それから又ひとつ、おゆき婆さんの話である。

ほうれ、あのう……。

陣床山に登る山路のフントンまがりの麓に、草ぶきの屋根のひくい家が二軒並んでおった。二軒ながら村地主の新宮七十郎さまの小作百姓じゃった。東のほうの家が常さん。西のほうの家が要どん。となりどうしのくせに、常さんと要どんは、蟹の目ン玉のようにむきだしで睨みあい年から年中、喧嘩しよった。

ところで二軒の家の前には、路をはさんだ真向いに毘沙門さんをまつったお堂があった。ここのお堂では、年にいっぺん秋の暮、とりいれがおわった時季に、近所近在の百姓が集って御籠りをするだけで、あとは格別、祈願参詣のふうはなかった。百姓にはそんな閑がなかったのである。そこで菜種のとりいれどきには、早じまいの常さんが、二坪ほどのお堂の板張りを菜種の干し場につかった。さきをこされた要どんは怒る。なんや常。おまえさんは毘沙門さんを干し場にしおって……。毘沙門さんのたたりがくるど。常さんはだまって口をつぐみ、天のほうを見あげている。菜種がすむと麦刈りである。こんどは要どんが早起きで奮闘、早刈りをして麦束をお堂に積みあげた。さきをこされた常さんは怒る。毘沙門さんのたたりがくるどと言いおったくせに、なんでお堂に麦を積みあげる。なあに、雨にぬらしたら損じゃけにと、ひとくち笑って首を左に直角にまげて損じゃけにとまた笑う。稲刈りどきには二軒鉢合わせとなって、このときはとっくみあいの喧嘩となって、ふたりとも顔に爪傷鼻血をだした。地主の七十郎さまの仲裁で納まったが、睨みあいがおさまったわけではない。

それから常さんの家のニワトリが盗まれたかと思うと、要どんの家のニワトリが盗まれたりする事件がこうたいで頻発した。たがいに隣を疑ったが確たる証拠がないのである。ますます深く常さんと要どんは憎悪しあう。深刻なライバルになったのである。

　こうして麓の村の銀杏が黄葉し、一雨ごとに名残り惜しくも落葉尽きてはや暮れの秋。年にいっぺんの毘沙門お堂御籠りの晩がきた。この晩には近郷近在の百姓家集い、大鍋に里芋汁を煮こみ、どぶろくを飲みかわしては世間話に賑わう。

　馬方の金さん爺の話が忘れられん。金さん爺が若衆のころの話や、金さんは馬一頭を持って、山の産物、茶に椎茸、こんにゃく、干しぜんまい、小豆に粟、ときにせんぶりを村の一軒一軒から買い求めては、黒岩越えの杣道づたいに黒木の町の市にでて売りに廻っておった。戻りには馬の背には貴重な塩である。

　村の暮れがた。金さんの胴間声がひびく。塩ば持ってきたばんも。塩。塩。その呼び声に、村のおかみたちが一升マスやら洗い桶を持って金さんをとりかこむ。こんときが一番幸福でのぅ。一日の疲れがとりぬけたと金さん爺は古びた煙管をよこぐわえて煙草のけむりを噴きあげる。

　あんころは朝も暗かうちに村をでおった。明るくなるのはたいてい花巡りの村にさしかかった時分。あれはいつの年やったか、笹藪ばかりの細道。朝っぱらから誰か泣きよる。若いおなごの声のごともある。馬も足をとめてぴーんと耳をたてた。そこで馬をほったらかし、泣き声のする笹藪のなかへ入ってみた。なんとそりゃわなにかかったおなごギツネじゃった。金さんやい。どうしていっぺんにメスと判ったんかいのぅ。そりゃ、片足わなにひっかけっておってひっくりかえっとる。おちんちん丸見えじゃもん。キツネは手にニワトリの生首を握っとる。罰あたりや、わしはひとりごとをいって、いっときわなにかかったキツネの体を眺めおった。生け捕っていくかと思案したのである。ところが、おなごギツネはホロンホロンと鳴きおってわしを拝むのじゃ。そのしぐさに不憫と思うた。つい手がいってわなをはずしてやった。畜生やろが、人間やろが生命は必要なもんや。そう思案を変えたら、人助けしたような気分になって胸がすっとした。しかしわなの主は、わなのよこのニワトリの生首を見て腹たてたやろ。まんまと逃げおったとのう。キツネはなんべんもわしに手をあわせ、びっこひきひきお辞儀までして藪ン中へ消えていった。ありゃ、山桜の散りおったころやったな。

それからその年の師走のことや。おなじ花巡りの村の手前まで、はい、ど、どと馬をひいて行っとったら藪ン中からボウブラ包みの男が二人わしの前に現われて、とおせんぼをした。二人とも手に刀を持っとる。こりゃキツネが化けとるかとも思うて眼をこすってよく見たがほんものの人間。追い剝ぎ風情である。人間は生命あってのモノダネ。馬だけは困る。荷はみな差しあげる。そう恭順かつ降参の意を表しているときに、つむじ風がまきおこった。風が消えたところにきれいなおなごが、きれいな着物を着て、花がこぼれんばかりに頬笑んでたっている。むろんわしものことじゃが、追い剝ぎの奴らも見惚れてしまった。おなごはさらにやさしい声で、刀の侍さん。あたしとお城の町までおゆきやらんか。それはたのしゅうござります。こんなケチな馬ひき男なんぞをおからかいよりも城の町はめずらしゅうござります。わしをケチな馬ひきと呼びおった。むっとしたが腹をたててもせんないことと虫をおさめておなごの顔から足もとまで見おろして見おった。わしのほうもこのきれいな女御とつれだちたくもなりおった。追い剝ぎどもも馬の荷の干物よりか、この女御との道行きを好んだと見えてのう。おなごの左右の手を左右にとって、そりゃつむじ風のように消えていった。その日は商売へ行く気もならんでのう。馬をひいて戻った。そんな話を婆さんにしたら、あんたそりゃ、キツネがおなごに化けよっとると……。追い剝ぎの野盗はだまされたんや。おおかた、あんたがわなをはずして逃がしてやったおなごギツネが恩返しにあんたを助けてやったんや。そげなこつもあるかいのうとわしは婆さんの顔を見たが、あのキツネが化けた女の器量、顔だちがぼうっとうかんで、くらべもんにならんなと小さくわしはつぶやいたもんやった。

こんなキツネ化身談に耳をそばだてていた常さんに要どん。家のニワトリ泥棒はキツネのしわざとようやく感づいたものの、いまさら睨みあいを取消すにも面倒とばかり、御籠りのおしまいまでやっぱり睨みあっておった。毘沙門さんの前に灯された明りは、夜風にはかなげに揺れる……。金さん爺の話がすむと心なしか陣床山の芒野のなかで鳴くめおとギツネのあわれな声がコンコンとつたわってくるようにも思える時刻になっていた。

トンネルの幽霊

霧深いわれらが山峡の村。

日向神ダム湖畔のいちばん長いトンネルに、しばらくの間、「白装束」または「黒装束」の幽霊がでる……。そんな噂がたった。

この話をいち早く知らせてくれたのは、村の郵便局に勤めている笹中の洋さんである。

師走に入ってからも、よく続いた小春日和の天気がくずれ屋根にポトポト時雨がきた晩であった。洋さんは時代がかった集金鞄を持って、「これから寒くなりまっしょう」といいながら茶の間の火燵に坐りこんだ。「雨から霙か」とつぶやく洋さんの用件は、郵便貯金の相談だと察知はつくが、用むきは切りださず、円満なる赧ら顔をいくぶん白くつくろい、かの幽霊の出現をおもむろに語りだした。

「ところで洋さん。その幽霊はいったい男かね、それとも女…」

「それが両方で…。臨機応変で困ります」

ダム湖畔に秋風が走り、まず天戸岩のとっぺんからハゼなどが紅葉するが、この季節から冬ざれの風情に行きつくあいだに、しばしば町のほうへ仕事に出て、夜半に村へもどる車の者がトンネルの附近で幽霊に遭遇しているというのであった。

事実、洋さんも真夜中に村へ帰ってくる途上に一度出会った。

洋さんはすでに四十の齢は越えるのだが、一念奮起し高校の通信教育を受けている向学の士である。現在高校二年生である。週に一回、町のほうで学習会が催されている。仕事がすんでの参加である。帰りはいつも深夜である。

一日の仕事に学習会と連続の疲労からきた幻覚かと、眼蓋をパッパッと運動させ、前方をしっかり凝視した。それでもトンネルの出口の前面に、長い黒髪をふりみだした白装束の女がひとり手招きをしている。洋さんの場合はひとりであったが、人によっては子づれで登場するときもあるそうだ。スピードをあげる。白装束はたちはだかったままだ。いかに幽霊の女とはいえ、轢死させては残酷、いや罪だと、警笛をひびかせる。トンネルのなかでのクラクションは、複雑に誇張された音響効果をもたらし、その余韻は螺旋状に渦を巻く。瞬間、幽霊の紙のような心臓を吹き破ってしまうのか、白装束は消滅した。蠟燭の火よりも頼りなかった。

トンネルを抜けると、前面にダム湖がひろがる。晩秋から早春の季節までの湖面は、洪水調節の必要はなく、筑後下流域の平野への灌漑の用もなく、水量はまんまんと貯えられている。寒月の夜などは、月光が湖面に張りついて冷気といっしょに不気味な静寂が漂い、鳥肌だってくるのだ。

こうして洋さんとの語らいは、トンネル幽霊の正体はなにか、詮議の段に入った。

ほうほうと木枯に吹かれるダム湖畔の枯尾花に結着をつけるのがもっとも話は穏当だが、それでは満足がいかないのである。読者にしてもそうであろう。

そこで洋さんは、第一の仮説として、もはや十数年前にもなるが、ダム湖底への女性死体遺棄事件を持ちだした。それは都会のイカサマ紳士が、オフィス・ガールとねんごろになって、もつれたあげく彼女の首をしめ、殺害、死体にブロック背負わせ、深夜のダムに投棄、完全沈没をもくろんだが浮上した。日向神ダムと名称だけでも尊厳な風致をたたえる湖に、こんなスキャンダル記事めく事件は——と村人は疑った。発見者は「マネキン人形を浮かべている」と騒動した。この事件は、村にとっては当惑千万であったが、善厳寺の若僧侶は赴いてねんごろに読経をあげた。怨霊の身とはなりはててもホトケはホトケという信念によってのことであったそうだ。それが今頃になって何故女幽霊となって、過疎村のただ善良な人々を畏怖させるような行為にでるのか。いささか不当なことではあるまいか。世の道理に反した女幽霊だと判決を着けようとしたのだが、洋さんはその出会いのあとをさらに陳述するのであった。

白装束の女幽霊を目撃後、神経を震撼させながら運転し、家にようやくたどり着いたところに、ふたたび白装束の女がたっている。洋さんは思わず興奮の声を「キャア！」とあげた。白装束は笑った。「どうしたとねえ」気を鎮めて見たら、ゴミだしをしている愛妻であった。奥さんは白いエプロンを着けていた。

翌朝、車の後部シートに、一匹のワカサギが骸となっていた。幽霊の精か。だが洋さんはつまんで猫に喰わせてやった。

子づれの女幽霊と出会った車には、たいわんどじょうの親魚、子魚が乗っていたという話もあるそうだが真偽のほどは判らない。

第二の仮説は、男の幽霊の場合であるが、それは黒装束での登場で、トンネルの前方に天戸岩から松の木が降下したかのような錯覚にとらわれるというのである。ダム工事期間には幾人かの犠牲者をだした。その怨霊ではないか。常識的な推量である。

現在では「漂泊」を語り得る唯一の詩人として有名な高木護氏も、かつてはこのダム工事の人夫として労働に従軍していた。建設の一翼を荷った記録的な人物である。高木詩人はどのように自称したか、聞きそびれたが、人夫仲間には、道鏡から、足利尊氏、伊藤博文、清水次郎長、国定忠治と、歴史上の人物がずらりと顔を揃えていた。抜群の力量を備えたトビ職国定の親分が架橋工事で墜落。第一の犠牲者となった。国定の姓を名乗ったところから、たぶん上州赤城の里、「カカア天下とカラッ風」に追われ、九州この奥深い山国までの漂泊ではなかったたか。

黒装束の親分幽霊は、決して男性が運転する車は襲撃しない。女性のドライバーを専門に狙うという話である。洋さんは郵便局に勤めるだけに村ばなしをコマゴマと聴取し得る場所にいる。

洋さんは町の病院勤務の看護婦コマ子さんの体験談を紹介した。

コマ子さんは三十八歳で熟年の女性である。彼女がトンネルを抜けようとしたら、例の黒装束が上方からどすんと落下してきた。びっくりしてブレーキを踏んだ。黒装束は助手席に乗りこみ、威嚇するのかと思って観念したが、いがいにも哀願するのであった。

「オレハサビシイヨ、コンヤ一晩、オレサンノカカサンニナッテクレヌカ」

電報文のような語調であった。コマ子さんは沈着に身がまえ返事もしないでスピードをあげた。

「ソンナニスピードヲダシテハキケン。ダムニテンラクシタライケマセン」黒装束の慰撫に失笑を覚えたがコマ子さんは固く口をつぐんでいた。どうやら女性のほうが冷静な心臓を有するのではないかと思ったが、洋さんの話はさえぎらないことにした。

コマ子さんが家に帰り着いて座席を見たらそこには露にぬれた松葉が揃って二本光っていた。お尻がチクリとしたのでスカートを手ではらったら、また二本。針のような松葉であった。

洋さんの幽霊談に区切りがついたところで、私は二十代の若き日に書いた詩の一節を思いだした。


わたしは冷えまさるふところをかきあわせ貧しい少女がまだ見ぬ母を慕い吹雪の旅路に行き暮れ、死んでは山茶花となって咲いたという古い山国の物語を読みながら、妻の心づくしにかざられた机の上の山茶花を眺めている、その花びらの一つ一つにもなにかしら人の生命のあこがれがせつないほどにこもっているのを知った…。

こんな感傷的な抒情詩を書いていた頃にはまだ日向神ダムは建設されていなかった。現代の技術文明が作ったダムやトンネルに出没する幽霊に、村の詩人はどう対応したらよいのか、私は途方に暮れた思案の腕ぐみであった。

佛石

おらァ、きっと戻ってくるぞ、
虫けらァ、みてえに
敵の石打ち、火縄にあたってたまるか、
出陣の朝、白い霧に包まれた神無月の明け方、柴庵の百姓余七は、隠元豆のような顔に黒い眼をひきつらせ、半分怒ったような声を草むらの畦道に散らし、豆莢の腰つきを思わせる新婚一ト月たらずの女房サヤの手をとって、野晒しのらかん地蔵に祈願した。
村はずれ、草むらの中のらかん地蔵は軽石で彫られたあばたの貌に、なで肩に、粗末な袈裟をかけておった。
なあ、余七っちゃま
あんたが戻らんとなりゃ、どうしましょ、
きっと戻ってくださりゃ、
それ、それ、敵の火玉にあたらんように、らかんさんの袈裟ば、お借りしていきやんされ。サヤは切願の合掌の手から、ふいとらかんの肩へ腕をのばしたのである。それは、あんまり奇妙じゃねえか、余七は眼を黒白にとまどった。隠元豆の顔が赤面した。サヤは余七の上着をたくしあげ、ボロ袈裟を胴腹に巻きつけた。廻してむすびあげた手で、余七をしばらくしっかと抱いておった。

こうして今晩からは、あんたの枕を抱いて寝やす…。余七は女房サヤの両頬に左右の掌をあてながら、黒い髪のなかにポツンと涙を一滴であった。

艶情ふりまく祈願の男女、無断拝借、袈裟を剝がれても頓着もない知らぬが佛、だがらかん地蔵のあばたの顔も、愛惜図絵を眺めては一瞬莞爾の表情か。

話は、寛永十四年。

島原半島、雲仙、白煙噴きたつ山ふもと。

島原、天草のキリスト教徒の百姓群、ざっと三万の勢が一揆を起して原城に籠城の報である。

後世に語られる島原の乱である。

幕府は、やおらやおらと国がための方策にキリスト教信者の弾圧を思案した。

この頃、天草から島原一帯の領地には、キリシタンの宗旨をかたくなに守る百姓は多かった。

大名は鬼の殿様と怖れられた松倉重政である。キリシタン宗徒ころがしの厳命のみでなく、百姓には徹底した年貢の増徴をせまったのだ。「八公二民」といわれる年貢のとりたてをせまった。

八公の年貢が納められない村百姓には、重政が知恵をしぼって、独特のゴウモンをかけた。それは「みのおどり」という奴だ。百姓に蓑をきせ、後手にしばりあげたところに、背に火をつけた。蓑に火をつけられた百姓は、七転八倒、踊り狂う。鬼の殿様はこれを眺めて哄笑した。惨虐な藩主である。当然、百姓らは激怒した。その激怒は火の玉のように走って一揆に結集したのである。

天使の再来、まぼろしの少年英雄とのちに語りつがれる天草四郎時貞を一揆軍の総帥とするこの島原の百姓らの軍団に、幕府は深い憂色をしめした。みのおどりを哄笑悦楽の態であった松倉殿も、一揆軍には打つ手も打てなかった。そこで板倉重昌を総大将に任じ、九州近国の諸藩に出兵鎮圧を促した。板倉の攻略にも、キリシタンの城はゆるがなかった。板倉を代え、松平信綱に指揮を命じた。板倉は不首尾を恥じて、夜半、一揆勢になぐりこみをかけたが、銃丸を受け、はかなく討死であった。

ところで、わが村の郷土史家江南老の手によって編まれた『島原の乱出陣・村山筒方覚書』によれば、久留米藩は、七千三百人の大部隊をくりだし出陣させているが、そのうち五千三百は、御手先と呼んで、臨時召集の百姓であったと記されている。またそのなかに三十三人が奥深い山峡の村から御先手山筒方として召しだされたものと推量されるのである。

島原陣に立ち候数、比葉畑の彦エ門覚えを左に記す。

○内記様え、拾壱人　主人様え　五人　山口新左門様え　七人　山木八郎様え　三人　堀口源五兵衛様え　三人　馬淵加兵衛様え　四人　〆参拾参人

○太守様より島原にまいり候者共に米二俵づつ下され候。

○内記様より島原に参り候者共に銀一枚づつ下され候。

○宮倉の庄吉、どうらんに火入り、けが致し、帰り申す処に榎津にて死に申候。

○柴庵の余七、手負い申候。

○長瀬の孫兵衛、新左エ門様につき、せいろうにのぼり鉄砲をうち候由。

○底払の孫右エ門、石打ちにて手負い申候。この外にも手負い、討死これあり候由。

○十一月二十九日久留米より御供仕り島原にまいり、かわりの者まいり候につき、正月二十三日帰る。

江南老は、孫兵衛がせいろうに上って鉄砲を打った一件については「島原城が高い石垣の上に在るので、城中に銃丸を打ち込むために、附近の農家を引き倒し、その柱材によって箱型に積み重ね、せいろうを作ったのであります。この高いせいろうの上から先下りに銃丸を討ちこむ策が功を奏し、ついに一揆軍は落城したといいます」と、特筆ねんごろな解説をつけている。

しかし手負い申候の余七に関しての記述は他に見当らないのである。ところが偶然というのか、正月の三日に、村の善厳寺に参詣したが、そこで出会った八十三歳の寺総代赤門さんから、赤門

老が住んでいる土地の「佛石」（ホトケ石）の伝説を聴いた。そこから島原出陣の百姓余七なる人物がうかびあがってきたのである。

らかん地蔵の白袈裟を、女房サヤの魔除け祈願と拝借、出陣の余七は、記録のとおり、背中に手負い傷を受けて戻ってきた。浅い傷ではあったが、背中の傷というのは名誉な話ではない。戦陣で逃げまどっていたのではないかという推察も可能となる。余七の名誉、体面に同情、記録を略述したのではないか。

むろん袈裟はボロ布同然ではあったが、腹に巻きつけたまま、戻ってきた。隠元豆の顔にタワシのようなヒゲがくっついていた。汚れた漂泊人の態であった。余七のタワシヒゲを、サヤはいぶかしげに眺めておった。余七の、戻った、戻った、戻ったぞの発音で気がついた。いきとんなはったの、ほんなこて、こんどは女房の声が涙にまじった。

その夜はサヤの馳走に、ゆっくり箸をとりながら、島原戦陣の惨虐を語った。背中の傷は、らかん地蔵さんが一身を割ってお救いくださった。こんどは留守話をサヤが語りだした。サヤは余七が島原へ向かった日から、朝地蔵にお百度を踏んで祈願した。素足で詣でた。雨、雪、霜、霙の朝も晩も詣でた。一心に詣でた。大晦日の晩のことだ。土砂ぶりの豪雨だった。身ぶるいをしながら合掌していると、どしんと音をたてて、らかん地蔵が後へ転倒なされた。サヤは魂消た。

てっきり主人の余七討死の報と読んだ。地蔵は袈裟がけに真二つに割れていた。村人はサヤの身勝手な祈願をなじり、袈裟泥棒の女房とあなどった。正月からサヤは、地蔵、余七の供養と念佛を唱えて詣った。戻らせてくだされとは唱えなかった。

余七夫婦はその後、寝たきりらかん地蔵の周辺に、ツツジの花を植え、燈籠を一基、建立した。時代はとうとうと流れ、地蔵の姿もただの苔石に変化した。風雪に美しくさらされていったのである。らかん地蔵の名も「佛石」といつのまにか変っていった。燈籠のみは建っている。

マタタビ考

　マタタビ。

「木天蓼」山地に自生するマタタビ科の落葉植物。初夏、五弁の白い花が咲く。身は漢方薬用、ねこ類の好物…と辞典にある。

　俗説には、マタタビの名の由来について、疲れた旅人がこの実を食べると元気が出て、「また旅」をしたといった話もある。また貝原益軒の『大和本草』では、「実と若葉を食べると胸部の疼痛、麻痺性の痛み、つかえを治す」と解説があるそうだ。福岡の天神街で漢方薬商をいとなむ風次郎君の談によれば、「マタタビの果実に、油虫が入ると、虫癭《ちゅうえい》（虫こぶ）ができ、形状はいびつになるが、これを天蓼酒にし、強壮剤とする」というのである。

　この風次郎君は、商売のかたわら山伏修験道の事跡を探索発掘するといった奇妙な趣味の持ち主でもある。彼のあご髯を見れば頷けぬこともない。それに、彼は寺僧の作業着といわれる作務衣をまとって、風来坊の態で、私を訪ねてきたのは、春三月の頃であったろうか。彼はモミヅル川の奥に祀られている神の岩屋の権現さんに着目しての来訪であった。センセイ、車は登りますか。作務衣に革靴を見た私は思わず彼の風態に滑稽味を覚えたが、失笑を禁じて、大丈夫。同乗して案内することにした。渓谷沿いの細い林道を走る。彼は車を運転しながらちらちら崖側の藪のほうに眼をやっていたが、この崖にはよくマタタビが生えているようですな、塩漬にして瓶詰にすれば、けっこうよか銭になりますよ。もったいないなと意味ありげな微笑をうかべた。しかし当今、村ではさしてこのマタタビについては珍重していないのである。評判なのは、アマチャヅルのほうである。それを述べると、都会でも同様、注目をあびていて、よく売れるといい、これも強壮薬ということになっているが…けれどもマタタビもそれに劣るものではないと彼は強調した。アマチャヅルのように喧伝されたら、マタタビはたちまち襲撃を受け、この谷沿いでの閑雅な自生は許されまい。ブームとは恐ろしいものだ。私はそんな感懐を語った。それにしても、まだロクに芽生えもしない春さきの時季にマタタビの自生地を指摘する彼の眼力には瞠目させられた。さすがに漢方薬の商人である。

ところでひとつ、村の昔ばなしである。

モミヅル谷には、ひろい山地主のフジワラと呼ぶ長者がいた。その長者夫婦には、たった一人の娘しかいなかった。蠟のように色白の美しい貌だちではあったが、病弱で、床に臥せている日が多かった。そこで村人たちは、屋敷の前の道を通るたびに、フジワラの長者屋敷に難儀はないが、たったひとつの苦の種はナミさん弱さの難儀だけ…と同情とも羨望ともつかぬ呪文めいた言葉をこっそり吐いて歩み去るのであった。娘の名前はナミといった。

ある晩秋の日、修験の山伏がフジワラの屋敷に立寄った。長者の家は、村の権現堂の祭祀をとりしきっていたのである。それを神課と呼んでいた。神課の家に年に二、三度立寄るのが慣習であったのである。その日、立寄った山伏は、哀れにもやせ細った長者の娘を見て、告げた。これは尾の岳のてっぺんにあるなんとかの木の実を酒にして服用すれば回復は必定と申した。酒肴にあずかり、酔いにまぎれての虚言とは受けとめられなかった。ただ尾の岳までの登攀は並大抵のことではない。三つの難所がある。一つは、瀧。二つは崖。三つは山姥。尾の岳にまつわる不老長寿の仙薬説はこれまでに聴かぬでもなかった。その仙薬を掌中にしようと試みた登攀者も事実いたのだが、ことごとく失敗に終って戻ってきた。山伏の話に、長者は腕をくんだ。この仙薬談をつたえ聞いたのが、長者屋敷の作男弥七郎であった。弥七郎は長者にいくらか顔を赤らめながら尾の岳登攀を願いでた。長者は嘲笑気味の語調で言った。生命は惜しくないか。弥七郎は手をついたまま、首をよこに二、三度振った。長者は感知した。娘ナミに惚れちょるな。よかろう、長者は一言であった。

弥七郎は早暁、出発した。草鞋履きであった。とっとこ小走り気味の足どりをとった。一の難所は、八ツ滝である。八本の白帯が垂れさがったような滝である。うむ、ナムダイコンゴウ、弥七郎は祈祷した。瞑目合掌もした。どれほどの刻がたったたか。眼をひらくと前に一本の綱が垂れさがっているではないか。黒い綱であった。弥七郎は滝壺をめがけて、ざんぶと飛び込んだ。黒い綱の先をめざして泳いだ。綱につかまって滝をよじ登った。ぬるぬる滑り落ちそうだが、必死になって登った。滝のうえにようやくたどりついて魂消た。そこには巨大な鯰が眼を細めて笑っていた。綱は鯰の髯であったのだ。弥七郎は笑っている鯰に敬礼をして、登頂を急いだ。二の難所は、虎伏木の断崖である。弥七郎は草鞋をふところにしまいこみ素足で岩肌にへばりついた。守宮の方式を真似た。弥七郎は幼いときから守宮の壁這いを研究していたのである。足の指さきを吸盤のように吸い着ける法を会得していたことが役立った。難なく断崖は越えた。三の難所は、山姥と聞いていたが、尾の岳の頂上は一面の白い霧であった。なに一つ見えなかった。深く濃い霧の中であった。五里霧中と弥七郎はつぶやき、息を吐き、息を吸った。霧は甘い匂いがした。それから思いだしたように、うむ、ナムダイコンゴウと祈祷した。瞑目合掌であった。どうか姥さま、ナミさまのために仙薬を賜わりくだされ給え。三度合掌を終えたときであった。油紙をしごくような皺枯れた声がひびいた。それといっしょに霧が一箇所消えたなかに、山姥がたっていた。白髪ぼうぼうの姿であった。弥七郎は山姥の前に平伏して、祈願した。どうか、ナミさまのためにと一途に一心に懇願した。山姥はうふんうふんと皺紙のように笑った。おまえさんは長者の娘を助けて、長者の婿になりたい、そんな了見じゃああるまい…。弥七郎は山姥の膝下に手をついて平伏のまま、首をよこに三度ゆっくりと振った。それはまことか。山姥の念押しに、弥七郎はすこし赤面した。ほうれ、顔色が変った。弥七郎は決死の表情を見せた。よかろう。たんと仙薬を持っていかっしゃれ。山姥が霧の背後に杖を太刀のようにはらうと、ざんざかと楕円状の実がこぼれた。弥七郎は三度礼をいい、腰につけた袋にその実を拾った。気をつけてお戻りや――。

帰途もおなじ路順である。滝を降下するときにはまた鯰の厄介になった。お礼に実を一粒あげた。鯰は笑った。それから弥七郎は一目散に、長者屋敷まで走った。

仙薬の効能たちまちで、長者の娘は色福よく健康になった。まるみを帯びた顔つきとなって艶やかな風情の女になった。そうして隣村の長者から嫁にと所望されたが、ナミは首をたてにしなかった。わたしは弥七郎さんの嫁さんになりたいのです。長者は怒った。阿呆奴！ 弥七郎は困惑した。だがナミは意志をかえなかった。長者はついに黙認した。弥七郎に嫁いだナミは貧しさに耐え、よく働き、夫婦の間に七人の子が産まれ、村一番の子福者とのちに言われた。仙薬はマタタビであったという話である。

鬼の手こぼし

オニノ手コボシ。

親愛なる読者のみなさん。この「鬼の手こぼし」を御存じであろうか。御存じない。嗚呼。それはまことに残念である。では、しばらく時間を頂戴し、「鬼の手こぼし」とは、そもそも如何なるものか、お話申しあげたい。


筑後の国奥八女の山脈も肥後境のほうに、詳細な地図では弓掛と書いてニガキとよぶ村落を見出すことができる。国道沿いから南手に折れ、小さな谿谷をさかのぼる林道の途上、突如として視界がひらけて十四、五戸の村落が存在する。標高六百米たらずの山容まろやかな姫御前岳を背に季節ごとのおりおりの風に錚々と緑の波涛をたたえる竹林の一塊を屏風にしたおもむきの何やら隠者風の村里である。

歳月定かでない遠いむかしの物語であろうが、この古拙な土地のはずれに、ぽつんと草ぶきの貧弱な家が一軒あった。村人は簡単に、いっけん屋と称した。そこには茂十という猟師に、十七、八歳にもなろうかというサユカという娘が暮らしていた。村里のうちでは飛石のように離れたいっけん屋の位置から見て、肥後の国あたりからでも流れてきた素浪人の親子とも推察された。ところで猟師といっても、弓矢を背負い、年中、鳥獣を追い求めてのなりわいで生計がたっていくものではないのである。そこで村の親方に懇願して岳の麓の急斜な痩地を借りて、栗、稗などをまきつけ、糧を得た。これらのいね科の一年生植物は痩地でもよく育った。

霞もおぼろに溶けこんでくるような春の日永には、茂十親子はむつまじくつれだって山畑の耕しに出かけるのであった。茂十の髯もじゃな山男の風態に反して、娘のサユカの色白な肌色にすんなりと発育した肢体は、これはまことの親子か。うりのつるにも茄子はなると眺められた。そこで村の若衆連は、可憐なこの娘に想いをかける気配は多かったが、茂十の狷介な感情が壁となって、恋の手がとどかないのだ。むろんサユカは他愛なく若衆の熱っぽい視線は厚情とのみ受けとめて涼しげな微笑を返していた。こうしてぽつぽつ汗が滲んでようやく坂っぺらの畑にたどりつくと、茂十はコツコツと鍬を打った。石ころの多い土地である。鍬もコツコツと石ころに音をたてる。サユカには、それが無口な父親の独り言のようにも耳にきた。父親が掘りだした石ころをざるに集めて、一本の櫟の根ッ株のあたりに運びだすのがサユカの役目だった。こうした春の陽はうららかに廻っていくのだが、茂十は鍬を杖に腰をのばし、サユカやい、おてんとうさまがちょうどまんなかの空にのぼりんさった。そろそろ、めしにするかと、畑にたどりついてから初めて人間のような口をきいた。サユカは、あいやと明朗な返事をした。ふたりは櫟の乾いた落葉を尻に敷き、菜の花の黄色をまぶしたような粟のめしを喰べる。何一つ、親子は語るでもなく黙って喰べては、山のかなたを眺めるばかりで平安な風情である。

そんな茂十がふいに思いだしたように、きょうは滅法に咽喉が渇くわい、もう竹筒に茶はなくなったと、二、三度それを自分の左耳のそばで振っている。そんなにお父っつぁん、咽喉が渇くなら、わたし、あの鬼の洞の湧水を汲んでこようか、そうしてくれたら甘露だけんど、あそこまで行くのは難儀じゃ…。いいえ、行って参りましょう。鬼の洞までは、麓からかなり遠く、それに危険な崖下であった。父を想うやさしげな娘は、飛鳥のような軽快さで、竹筒を持って、ひょいひょいと鬼の洞のほうへ駈けた。鬼の洞には、鬼が一匹棲んでいるという伝説の岩間であるが、ここの湧水の味は有名であった。なんともいえない美味だが、鬼がでるという噂で、村人は滅多なことには汲みには行かなかった。お正月三ヵ日だけは、鬼が姫御前の山頂に出かけて鬼の洞は留守だというので、村の若衆がつれだって湧水の汲みとりに行く慣わしで、ふだん一人での水汲みとは恐ろしいことであった。

そんな恐れを知らぬはずもない茂十が小娘ひとりを鬼の洞に行かせるのに躊躇がなかったのは不思議でもあった。サユカにしてもそうだが、一途ひたすらな親思いの心情か、鬼の洞への好奇な関心か。だんだんと下りていって熊笹の茂った崖っぷちであった。ここからどういったらよいのか、サユカが困惑の声を小さくもらして、眼下の谿谷をのぞいたら、やまびこのように増幅された声がはね返ってきた。鬼の声のようでもあった。サユカは身ぶるいをした。ほうれ、左の足から踏みだして、その岩のくぼみに足をかけ、こんどは右足を…。手はそこのかんねのかづらに…。その誘いの声にサユカは絶壁を難なく下りていった。谿底のほうから褌一つの鬼が手をさしのべていった。とんでいい、といわれて飛んだ。サユカは鬼の腕に抱かれた。鬼は赤い口を満開にして笑った。はじめて見た鬼の貌は、桜色であった。サユカは谿底に足をつけてからお辞儀した。それから湧水を懇望した。鬼は親切に竹筒をそそぎ、きれいな水を汲みこんでくれた。鬼の目にも涙の行為である。またおいでといった手ぶりの言葉は、サユカに伝わった。それから鬼は登りは大変危険だからとサユカを背負って崖をよじのぼった。難なく崖のうえにたどりついた。鬼と手を振りあって別れた。山畑へ戻って、サユカは父親の前に竹筒を差しだした。茂十は早かったとサユカを見あげ、それから竹筒の水で咽喉をごっくり鳴らしてうるおした。うまいと一言いった。サユカは鬼と出会い、たいそうやさしくしてもらったことはしゃべらなかった。禁句だと考えたのである。黙って鬼の手形がくっついたような腰のあたりの感触をさすっていた。

春が過ぎた。夏が過ぎた。秋が訪れて、芒が穂を風にそよがせて、茂十の痩地に、粟、稗がゆたかに実をつけた。刈り入れも終った頃になっての晩である。茂十親子が寝床についていると、夜更けに雨戸が軋った。ふたりは別段あやしむふうでもなく眠りこけていた。たてつけのわるい雨戸であってみれば、風の仕業と思い込んでいても差支えはなかったのである。だが翌朝、開いた雨戸の前に、竹の皮にくるんだおこわ餅がふたつ、ちょこんとならべてあるのだ。親子は、これにはいぶかしげに眺めた。それから頸をかしげながら茂十は頬張ってみた。うまか、茂十は感に耐えないような表情を見せた。サユカも一つ頂戴した。ふたりは顔を見合せて、笑った。毎晩雨戸が開いて、それであった。奇怪な…気になった茂十は、草刈り鎌を枕もとに置いて寝た。

月の明るい晩であった。足音がした。雨戸がごとりと鳴った。隙間ができて一条の月光が家の中に流れこんだ。そこに丸太棒のような腕がのびてきた。茂十はその丸太棒をめがけて、鎌でひっかいた。ごろりと転がった。悲鳴が逃走した。すわっと雨戸を倒して茂十は悲鳴の大男の後姿を見た。鬼！ 鬼だ、茂十は追ったが駈け去った。つむじ風のような迅速さであった。鬼だと叫ぶ親の姿をみて、サユカは着物の襟をあわせて身ぶるいをしていた。鎌の刃で切りおとされた腕の前には、いつもの餅が湯気だっていた。お父っつぁんな、むごいことを！ サユカは柳眉をさかだてた。なんの、なんの、茂十は鬼の手に残った餅も平気で頬張って、猟にでた。そのあと、サユカは鬼の手を泣き泣き抱いて、家をでた。そうして、ついに戻らなかった。

ざっと、こんな怪奇譚である。ところがいつの頃か、この弓掛の村里に、「鬼の手こぼし」という食べ物がこさえられるようになっている。それはモチ米を蒸し、それを竹の皮にくるみ、また蒸しあげるといった手のこんだ作り方である。この作り方が一人前になれば、娘はよいお嫁さんになれるという話もある。餅に竹の皮の風味がにじんで、ほんとうに美味である。みなさんにいちど味わっていただきたい世にも珍しい食べ物である。

田中稲城の周囲

田中稲城。

福岡県矢部村に真宗善正寺とよぶ寺院がある。ここに明治四十四年に生まれ、昭和十八年に、わずか三十二歳にして夭折、みじかい生涯のなかで、文学に生命を賭けた作家である。

彼は中学明善校卒業後、京都の大谷大学予科に入るが、結核の魔菌に冒され、村に帰ってほとんどの歳月を療養生活に終始、寺の仕事のかたわら文学作品を綴って生命を燃焼させた。

昭和十二年に矢野朗、丸山豊らが久留米市から刊行した文学同人誌「文学会議」に参加、幾篇かの小説、エッセイを発表、のちに火野葦平を中心とする「九州文学」に抒情にとむ小説やエッセイを書くが、なかでも小説「一茎の葦」は、改造社の「文芸推薦」作品の有力候補にあげられた。この「文芸推薦」は当時では有力な文学新人登龍門として注目されたもので、第一回目には戦後無頼派または破滅型の作家として知られる織田作之助が昭和十五年、「夫婦善哉」によって推されている。

だが戦雲ただならぬ昭和十年代のことであり、「九州文学」に関係した人々の間に、清澄な孤高の作家としてわずかな記憶をとどめたのみである。

この頃、少年であった私は、彼《か》の田中稲城の存在を知るよしもなかったが、ただ一冊のリトルマガジン「村」があざやかに印象に焼きついているのだ。当時、父は村の小学校の訓導であった。たぶん稲城さんから戴いてきたものであったにちがいない。父の机にあった冊子「村」の表紙を珍らしく見た。表紙のカットがペン画で、蛙と蟹と月とが小さく描かれていたのだ。僻村のことである。夏には谷川の魚を、冬には山麓の鳥を追うことのみに関心を集中させていた少年にとって、この一冊は、大人の世界に、こんな幻燈のような文字圏があると、面白くも見入ったことを覚えている。しかしそれは瞬時に放念している。

この冊子「村」をふたたび手にして認識を新たにしたのは青年期を迎えた戦後の昭和二十年代である。

「村」は田中稲城を中心とした昭和十年代の山間における文化活動の小さな砦であったのだ。小説を発表しているのは、田中稲城のみで、詩に「のどかな瀬死」の丸山豊、随想に四人、短歌十三人集といった内容である。

いま読み返して興味深く思われるのは、稲城さんの編集後記である。

——村に生まれて村に死ぬる我々に〈村〉の呼び名は又懐しい限りである。

銭の穴ばかり覗いている人間に取っては文学なんぞ凡そたわけた事であろう。この雑誌〈村〉

だって郷土の一般の人々に取ってはたわけた事に違いない。だが今からの世の中にはこんなたわけ者が村に一人か二人位居る方がいいかも知れない。

当時、村は隣県鯛生金山全盛期で、ゴールドラッシュに夢をつかれ、また杉の山林景気でもあって「銭」にとらわれた村の人間、村の空気が濃厚な霧として覆っていたのではないか。稲城さんの時代の、村の空気に対するアンチテーゼとしてうかがえないこともないのである。

しかし、この冊子「村」は、昭和十一年十月に一号刊行のみでとだえている。以後稲城さんは「文学会議」から「九州文学」に作品発表の場を得、また療養生活ともあいまって自分の手によっての「村」の編集発行のゆとりがなかったものと推量される。

この稲城さんの作品で、私がいちばんはじめに親しんだのは、大阪の明光堂書店より刊行の『九州文学選集』に収録されている「野薔薇」である。

山村の寺に、手伝い奉公にあがっている若い娘時枝の眼をとおして、昭和十年代の村のムードが描きだされている小説である。

のろくさい役僧の照信、時枝よりも二つほど年長でいつも厚化粧をして寺に遊びにくるスミ子、時枝は両親を失い叔父の家が唯一のよりどころとなっているが、この家には、いつ行っても山林ブローカー仲間が酒を飲みながら金儲けの話ばかりしていて面白くない。スミ子は叔父の養女である。こうした人物のかかわりから物語は展開するが、役僧の照信が、戦死者の村葬を前に、突如、寺をでる。スミ子が妊娠していたのだ。寺の奥さんがつぶやく。「相手が照信さんだという人もおってのう。ほんとなら照信さんも困った人たい」

こうした因循した村の空気に嫌悪を抱いた時枝は、「自分はやっぱり軍需工場にいって働こう」と決意をかためて村を出るところで物語は終末となる。

昭和四十七年、まったく世に忘れ去られた存在の田中稲城の遺作をとりまとめ、稲城さんの令弟、村の保育園長田中瑞城さんとはからって、福岡の創言社から『田中稲城作品集』を上梓することになったが、この集に「野薔薇」を収めることはできなかった。稲城さんの作品は生命のありかを凝視した内観抒情の文体が主流をなし、「野薔薇」は風俗性のつよい読み物に過ぎないという詩人丸山豊氏の意見もあってのことであった。こうした観点から作品を選択した結果、「一茎の葦」「鏡」の小説二篇に、エッセイ六篇、百五十八ページの内容によって編むことになった。

エッセイ六篇のうちで、私がもっとも愛誦するのは、「紅い実」である。

――冬の木の実はみんな紅い。南天、梅もどき、万両などの庭の木の実を初め、藪蔭に人眼からかくれたように結んでいる、藪柑子、青樹、野茨、それから冬苺や名も知らぬ葛の実など、どれも珠のように紅い。それらの木の実は紅葉が散る頃から色づき、春陽に花々が開き初める頃まで冬の一番厳しい季節を、朝々の烈しい霜や深い雪にもめげず永い間実っている。それ所か永い風雪に曝されれば曝されるだけその紅色は益々磨かれた珠のように光沢をすらまして来る。それは恰もそうした厳しさこそが、己が生きる世界であることを自覚しているかのようにすら感じられる。

このエッセイのむすびに、「もしこんな小さな自然の姿から、永遠とか、悠久とかの大きな思想を感じとる事が出来るならば、私のこの古風な俳諧的心境も決して無駄ではないと思う」と表現し、戦時下にしかも闘病生活に閉鎖されながらも、強烈に自己の文学を保守する強いエスプリを読み得るのである。

田中稲城没後すでに四十数年の歳月が流れている。そうして今、村は福岡県のチベット地帯とも称される僻村のなかで、経済の高度成長期以降、過疎化にさらされつづきである。それに主要な山村産業の核となっていた山林杉材の不振によって村人の生活は貧困なものになり精神状況にはいびつなものを見るのである。どうやら亡き稲城さんが観照している「紅い実」の心をここに吟味してみることによってまず精神の復興が必要なのではあるまいか。

おりに令弟の瑞城さんと語らうのであるが、寺の一隅に、ささやかであっても文学碑をつくり、村に生きる心の証をと願っている。

センダン島の鬼火

もはや今日では、幾度もの水害に見舞われて、その島の面影は消え果てたというのであるが、物語好きのわが里の藤兵衛、語るところによれば、大正末期までは筑後川下流の中洲といった形状で、一本のセンダンの木があたかも目印でもあるかのようにひょろひょろとわびしげに葉枝をそよがせていた島があったという話である。

そこで下流域の人々はセンダン島と名づけていた。さらにはこのセンダン島には、雨のそぼふる夏の夜には、きまって鬼火があやしげな女体のかたちを描いて燃えあがった。真っ暗な闇夜に赤く焔が燃えたつのは気味悪く川べりの土堤を夜半に通るのは、鳥肌だつような恐怖を覚えたというのである。

こうして人々は、センダン島の鬼火と噂したという話である。

その由来噺は江戸末期。久留米藩御用商人原仲屋昭甚がはじめて木蠟取引きの商用で、筑紫野霞む晩春の日を吉日と京の都へ旅立った。

ご存知のように当時、久留米藩は、ハゼの植林に熱をいれ、それも尋常一方のものではなく、枝一本折りたるときは指一本、ハゼの木一本伐れば首を伐る…といったきびしい掟。蠟の原料生産は藩財産の貴重な資源。こうして筑後一帯の山野はハゼの木がならび、夏には青葉が艶やかに陽に映え、秋には紅葉真紅に燃えて景観を彩色した。

後年、久留米が生んだ悲劇の天才画家青木繁が、わが国は筑紫の国や白日別、母います国、櫨多き国——と歌うのであるが、かなりの歳月星霜をかさねてハゼの街道、ハゼの森は形成されてきたものである。

さて商人昭甚は原仲屋の跡とり息子二代目で、老父に代って商用の初旅。齢は四十と数えたが、大任と覚え、毬栗によく似た顔の両眼をむきだし、緊張裡に草鞋の紐をととのえた。年老いた番頭は、見送っている昭甚の嫁の肩に眼を返し、若旦那、首尾よく帰宅できますかと一抹の不安を読んでおった。昭甚は見栄っぱりで、ときどき妙な嘘をつく。大阪の街での取引き、しっかと実を結ぶや、独りごちている番頭の声が、昭甚の耳にとまったのか、昭甚、ことさらに左肩を怒らせ、むにゃむにゃ番頭なに言っているか、心配無用と振りかえりもせず原仲屋の門をでた。そのとき鴉が一声「ア・ホウ」と鳴いた。

博多から回船便乗、大阪なにわの宿は八丁屋。初めての長旅疲労というにも、不思議な腹痛である。キリキリッと錐を腹中に刺されるような痛苦に昭甚は婆のように腰をかがめて宿に飛び込んだ。「ハツやハツ、客人の到来や」との帳場からの声に現われた娘は、昭甚のあわれな為体《ていたらく》に肩を貸し、部屋のほうへ案内。「しばし待ってやな、いまに床をひきますさかい」と甲斐甲斐しく見知らぬ旅人を看護した。

昭甚は投宿以来三日三晩、熱にうかされ、腹痛去らず脂汗をかいてうなっていた。これも邂逅の因縁か、ハツは離れず昭甚を見守った。

四日目にようやく潮のように腹痛がひき、ハツのしたてた粥が咽喉をとおった。旦那はどこの国やな、人心地ついた昭甚は、ハツのひたむきな看病に合掌しながら、九州筑後のハゼ並木、その街道風物から筑紫次郎の雄大な流れ、豊潤な水脈、背後の耳納山脈の色あいなどをポチポチと物語った。それがハツの耳には本州からほど遠い筑後の国のおもむきが、なにやら温雅な異国のようななりわいとも想像されてくるのであった。語りおえると昭甚はハツの手首をとって、ほれと小判を掌にのせた。こんなに仰山頂戴してよろしゅうおますかいな。なになに木蠟はもうかるもんでな。商取引がすんだら、おハッつぁんにはもっと奮発しますさあ。ハツは昭甚の言葉に虚偽は読めなかったのである。昭甚の誘いに、ハツは衾の下にすべりこんだ。

昭甚の大阪滞留は延びた。二人は夫婦の約束まで交わした。ひとまずの商用を終えた昭甚は、菊の花香る秋の頃には嫁として迎えにくるとハツに言い残し、大阪の宿を離れた。

彼岸もすぎて秋風白く流れて歳月はよどみなく水車のように廻っていったが、九州筑後の国からはぷっつり音沙汰はなかった。ハツは昭甚とのまじわりから懐妊していた。それだけに一日千秋の思いで昭甚の迎えを待っていた。意を決したハツは九州筑後の国に旅立った。女身一人の心細い旅立ちではあったが、腹の子のことを思い、旅の難儀に耐えた。

こうして筑紫街道基山の宿場町までようやくたどりついたハツは、このまま昭甚が誇らしげにも語っていた原仲屋に女だてらに乗り込んでは、昭甚の体面もあろうかと考え、一通の手紙をしたためた。

飛脚からの手紙を受けとった昭甚は驚愕した。大阪なにわのあの宿でのハツとの出会いは、旅さきでの仇花、まさかはるばると筑後の地までもあとを追ってこようとは思いも寄らなかった。だがこのまま放っておいて女に乗り込まれたらお家騒動は必定。昭甚はすでにれっきとした妻子をも抱えた身分である。思いは千々に錯乱したが、昭甚は家には大阪の宿で知りあった商人からの手紙で、基山まで会いに行ってくるといつわって、ハツが足をとめているという宿に向かった。

待ちあぐんでいたハツは、昭甚の姿を見るや否や、いきなり腰に抱きついては、別れて後の苦悶をめんめんと訴えては涙をこぼした。昭甚はいちいち首肯はしたが、うつろな白い眼を宙に迷わせていた。

一夜は、基山の宿で二人は過した。だが翌日も朝から酒肴をはべらせ、昭甚は腰をあげようとしないのである。苛だつハツにせかされ二人が宿をでたのは、夕暮れどきであった。久留米へ向う道中で、時雨がかかってきた。筑後川の水面に雨脚が白く走った。昭甚に軀を寄せてくるハツの胸に、昭甚は懐中にしのばせていた短刀を刺した。悲鳴をあげて、なにをなさると口走るハツを川の中に押しこめた。昭甚は何喰わぬ顔で、街へ戻ってきたが心中重いわだかまりがあって居酒屋に立寄った。「酒をくれ」居酒屋の親爺は「へい」と返事をして盃を二つ並べた。「おいおい、飲むのは俺一人だよ」「だってよこに女の方がいらっしゃる。この方には要らぬとおっしゃるのでございますか」昭甚は狼狽気味に横をかえりみた。よこに髪をふりみだしたハツのまぼろしが坐っているようにも見えるが、それは幻覚じみてもいる。「旦那、殺生な。奥方にも一、二杯は差しあげなさっても」と居酒屋は笑うのである。昭甚は薄気味悪くなって、徳利一本ぐいと口に流し込んで酒屋をでた。なにやら落着かぬ昭甚は、しばらく歩いて夜鳴きうどん屋に顔をいれた。ここでもお茶が二つでた。「うどんを喰うのは俺一人だぞ」「だってよこには奥方が…」ついに昭甚は狐にでもたぶらかされたのではないかと一目散、寝静まった屋敷にホウホウの態で戻りついたが起きあがって出迎えた女房までがこういうのである。「おつれのこの女のお方はいったいどなたさまでござりますか」「いや、女人なんぞつれてきた覚えはない」と弁明しきりのうちに姿は消滅したのか、女房は一夜不審の思いで昭甚を問いつめた。昭甚は「疲れた」と一言眠りこけた。

翌日、捕り手の役人が来た。センダン島に女の変死体が流れ着いて発見されたが、その胸もとに昭甚宛の手紙が三通ほどあって証拠は確認された。昭甚は白状した。昭甚は捕えられ獄門となった。

センダン島に鬼火がたつようになったのはハツの遺恨である。それから〝ハゼならぬおハツを伐った昭甚が首もころりとセンダン島わいな〟といった俗謡もしばらくうたわれたという噺である。

またクヌギの林に

十八歳のころの話だ。

彼が十八という年代は昭和二十二年、戦後のインフレ、それに食糧難、渾沌混迷の世相であった。ある判事さんが闇米を買うことを潔しとせず無理をして栄養失調死となったことが評判になったり、新興宗教が流行し「霊光尊」という教祖さまの検挙事件やら、そうして巷街では〝星の流れに身を占って、何処をねぐらの今日の宿……こんな女に誰がした〟とか「夜のプラットホーム」などの流行歌が冷ややかに夜の胸をひたしていた。

小説では田村泰次郎の「肉体の門」に、太宰治の「斜陽」が世評に高かった。田舎住いの学生ではあったが、彼は太宰に親しんで読んだ。「斜陽」の女主人公が近所の子どもたちと庭の石垣の竹藪から蛇の卵を見つけだして焼く場面の描写が妙に印象に残っている。「魚服記」から「富嶽百景」などを好ましい短篇と読んだ眼には不吉な気配が漂っていると思った。「ビルマの竪琴」も当時のベスト・セラーだが、彼は読まなかった。後年テレビで放映された『ビルマの竪琴』を見ながら、六つ年下の女房が小学生だったが熱心に読みとおした思い出があるといったことを述懐した。こんな読書のほうが良識のすじみちだと思う。竹山道雄の作品は健全である。彼にはどこか歪曲したような背骨がある。それが読書の傾向にうかがわれる。

学校は休校が多かった。筑後の山奥に帰っては、裏山のクヌギ林を倒して、甘藷畑にするように開墾作業をした。母や弟らと唐鍬をかつぎ、登っては根ッ株を掘りおこした。毎日、泥と汗にまみれ、そのうえの空腹に疲労困憊した。一鍬、二鍬、三鍬掘っては休息を要するのであった。また腰をおろさやんかなと母は叱言となく愚痴をこぼしていた。

この裏山のことを梅《うめ》の木平《きびら》と呼んでいたが、南のほうに山腹が傾斜し、前方にはまるっこいイラド山がひかえ、その山麓には村落の家並が見渡せた。豊かな村だちである。大きなかまえの瓦屋根が村落の上下左右に並んでいるのがこまやかに望まれる。それらの庭さきにはムシロがひろげられていて、穀物が干されている。その周辺をのどかに白色レグホンが散策している。彼らは口には決してださなかったが、ある種の羨望をもってイラド村落を眺めていた。

彼らの父は、その村落のなかでも一番の豪農で「ヤマノカミ」という屋号で呼ばれる本家の生まれではあったが、二男で上級学校に進み、学校教師となり、そのために学資がわけ前で、今更、水田なんぞ貸借できるかというのが本家の言い分、食糧には難儀した。父とつれだって本家に米の相談にいっては、本家の従姉から「乞食」扱いの言動をあびせかけられた（この屈辱感は十八歳の彼の腸のなかに棒のように喰いこんでいる）。こんなことから村有林払い下げの梅木平開墾に、一家は奮闘したのである。

遅々とした開墾の進捗ではあったが、イラド山の頂をかすめる青空のなかの絹のような白い雲の漂いは、まことに清冽であった。あの風景が空っぽの胃袋をよく慰撫してくれるのであった。

このころ彼は俳句に熱中していた。俳句に関心を持つようになったのは、青年学校の物置小屋に一冊の『俳句の作り方』という本が捨てられているのを持ち帰って読みあげてからのことであった。戦時中、彼の隣に建っていた青年学校の校舎では、学習する青年はことごとく入営出征で兵隊となり、そこに着眼して、九州大学の工学部が学術書を疎開させた。終戦と同時に引揚げていったが、たぶん工学部の教授か誰か、俳句をたしなむ先生がいらっしゃったのであろう。それは富安風生の著であった。忘れられたのか、それとも放棄されたのか、簡潔な白い表紙ではあったが、鼠の尿かとも思われる染と匂いはしみていたが、彼は愛読した。なにやら心をうるおすものがあった。舷のごとくに濡れし芭蕉かな　川端茅舎。死骸や秋風かよふ鼻の穴　飯田蛇笏。降る雪や明治は遠くなりにけり　中村草田男。とくにこれらの俳句、俳人に凄絶な感動を覚えた。彼自身も俳句をつくってみようと思った。

西日本新聞社から「月刊西日本」という文化雑誌が刊行されていた。巻末のほうに読者投稿の「俳句」「短歌」欄があった。俳句の選者はホトトギス系の河野静雲であった。まずはじめにそれに投稿した。一句が思いがけず入選した。

閑談の月しばらくは雲にあり

彼は活字になった自分の句に感動した。

このころの彼が句作する勉強机は縁側にあった。縁側沿いに、がたなしと呼んだ一本の屋根よりも高い梨の木と銀杏の木が二本並んでいた。がたなしと呼んだのは、実がゴツゴツと固く歯がたつ代物ではなかったが、梨は梨らしい香りはあって果汁のみをすわぶって、ペッペッと滓は吐き散らした。そこで、梨がたなしと言ったのだ。

そんな梨の木が影をおとす縁側で、大牟田から小豆の買いだしにしばしば訪ねてきた母方の従姉に、彼は「月刊西日本」にて活字になった一句を披露した。彼女は尾崎士郎の「人生劇場」が好きだという姐御肌で、キップがよく、しかもモダンな性分であった。「へえ、あんた俳句をつくるの。感心ね。」「……」「でもなんかしら俳句って、年寄りがつくるもんじゃない」この言葉は彼の胸中をトゲのように刺した。「年寄りか」と細くつぶやいた。

閑談といったら老境めくか。実は従姉が山にやってくるたびに夜半、雨戸をしめないで、がたなしの梨の木が屋根に落下して音をたてることやらキツネの夜鳴きなどを縁側に脚をたらして語りあった状況を写生したはずの句を従姉が無雑作に感懐を述べたことに失望感がきたのである。

「ではこんな俳句、トシエちゃんな、どう思うかね」彼は手帖のなかの一句を朗唱した。

　秋風や空腹の背に猫が乗る

彼女はいくらか濁声で哄笑した。

十八歳の齢から、四十年に近い歳月が彼の頭上を晴れやかに、あるいは重く翳ったり、風雪をおりまぜながら過ぎていった。

この四月、彼は学校教師を退職した。送別会が催された。若い同僚のなかに、彼とおなじ村に嫁いできた三十八歳になる女教師がいた。大学時代に恋仲となり結婚した彼女であったが「うちの人がこんなへんぴな山の人間とは知らなかったんです」と彼に語らったことがあった。彼女は北九州の育ちで、姑親との同居、陰湿な村の空気は息苦しかったとも言った。そんな彼女が、彼を山の村まで送るというのである。そこで夫の車を借りてきたらしい。酔い加減もあって「ではキヌ子先生に送ってもらうか。光栄だ」と彼は遠慮しなかった。「あなた、梅の木平に登ったことあるかね」「最近ないの」「あそこまで車が登るようになっている」「そう」こんな話から、家に帰る前に、彼は彼女の運転で梅の木平まで登っていった。おりから夕焼けのアカネ雲がイラド山頂に荘厳な風致でかかっていた。「先生が若い頃、開墾したという畑はどこかしら」彼は車をおりてから指さした。「へえ」彼女も車をおりて歎息した。畑はなく一面、若葉を噴きだしたクヌギ林に戻っている。

人妻に送られしばし青葉影

梟

梟は
暗い森のなかのいっぽんの木をだいている

父が息子を憎む
息子が父を憎む
縄のようなフイルムが
梟の目のなかで廻転する

歴史の深い穴倉の底に
虫追い祭の油が哭く晩
息子の胸のなかの森でも
「ほう、ほう」梟は唄う
父はおびえた背中を
どてらにつつむ

子ども話道場の件

『はしりかねと八つの村のものがたり』

辺見じゅんさんが日本のへんぴな村や田舎町を、カメラマンの北井一夫さんといっしょに歩いて、書いた本である。この本のなかに肥後の小国町の話がある。小国といえば、私の住んでいる村から東のほうへ峠を越えて行けば、さして遠いところではない。阿蘇外輪山のふもとで、「小国杉」の名で知られる町である。

この小国で、むかし庄屋をしていたという家のばあさんから聞いた幽霊ばなしを辺見さんは書いている。

ここで私が面白いと思ったのは、庄屋のじじさんが大へんな話好きの人であったということである。昔はそこらに格別な宿屋がなかった。そこで、琵琶ひきさんやら山伏さんやら、諸国を巡る旅の者に一夜の宿を、庄屋が貸していた。話好きの庄屋のじじさんは、旅人が珍しい話をたった一つでも話せば、宿銭をとらなかった。そんなことから全国の昔話が小国に集っているというのである。

愉快な無形骨董収集家ではないか。

山峡かぎんちょ草紙の書き手も、かくありたいと、庄屋のじじさんのひそみに推参しようと心がけてはいるものの、そうして山舎には常日頃、冷蔵庫にはビールを冷やし、酒も特級を用意して、「話」を待っているのだが、昨今「話」をもつ人とは寥々たるものである。儲かるか、儲からんか、経済大国の名にふさわしいリアリスト、または、あの村長、村会議員は気前がよいの、わるいのといった政治評論家が雨後の筍のごとく往来するのみで、わびしいかぎりである。

そこで私は一計を案じた。村の子どもらを集めてみた。「なにか面白い話をしてくれんか」子どもらは眼をどんぐりにした。「いい話にはアイスクリーム一個じゃ」子どもらはにっこり笑って、たちまち思案の顔になったのである。

はあいとまっさきに手をあげて語りだしたのは、長田のじゅんこちゃんであった。

むかしのある日ね。稲付《いねつき》の村のばばしゃんが花をつみに山にでかけらっしゃったげな。ずんずん歩いて行きよらっしゃると、もうそう林のなかに一つ、大きなきらきら光る花をみつけたんだと。それはとげのないバラのような花で、手にとろうとすると、ゆらゆらと花粉が黄金色にあたり一面にこぼれたということじゃ。あまりの美しさに、花に見とれながら、これは宝物になりはしないかとも考えとると、「ちょいとまって」というちっちゃい声がしました。ばばしゃんは自分の眼をこすりこすり、ていねいによく見とりました。見ていると、花粉のなかから小さな小さなこびとがとびだしました。ばばしゃんな、花をとることはやめにして、二人のこびとをおんぶして家にもどりました。

こびとたちは、とってもきたなく汚れていたから桶にいれて洗うことにしたら、二人のこびとたちはぴちゃぴちゃはねまわって、ばばしゃんの着物をぴちゃぴちゃぬらかしてしもうた。でも、ばばしゃんは青蛙のように桶のなかを泳ぎまわるこびとを眼をほそめて見物しておりました。

夏がすぎて、秋の風が吹いてきました。もう二ヵ月も過ぎた。そろそろ名前をつけようと考えました。黄色の髪の毛の子に、「いね」。茶色の髪の毛の子には、「つき」ということにしました。ばばしゃんが、「あい、いねや」「ほら、つきや」と可愛がって育てたので、「いね」も「つき」もずんずん元気に肥ってきました。

ところが不思議なことに、あらあら、おかしいな、ばばしゃんは首をかしげました。「いね」の頭のうえに耳がつーんとのびてきています。「つき」のお尻からしっぽがでてきました。

秋がすぎて、冬がすぎて、春になりました。「いね」はどうやらキツネに、「つき」のほうはタヌキになっていくようです。鳴き声ももはやキツネ、タヌキそれぞれです。ばばしゃんは化かされたような気分になって、おいだしてしまうことにしました。春のおぼろ月夜の晩、「いね」と「つき」は、ばばしゃんをおいて山へ帰っていきました。「いね」と「つき」がふりむいて、ばばしゃんを見ると、ばばしゃんの眼から、涙がこぼれていました。

じゃ、こんどはぼくの番だ。ガソリンスタンドの息子のまさみ君の話がつぎにきた。

むかし、村に三郎という力持ちの男の子がおったそうな。その男はお百姓じゃった。三郎は木もきれる、石もきれるという世にも珍しい鋸をもっていた。この鋸でたいへんお金を儲けておった。ところが天の神さまがそれを見ておられ、こうお告げにこらっしゃった。「そんなに鋸でお金を儲けていると罰があたるど」こう言って天にもどって行かれた。三郎は神さまの言葉をまったく信じなかった。神さまはかんかん怒って、木も石もきれない鋸にしてしまわれた。三郎はそれとは知らず昼も夜も大木をきりつづけるのだが、ぜんぜんきれなかった。もう汗びっしょりで、鋸をひきたくないようになってしもうた。

請け負っていた材木が一年じゅうかかってもきれない。それから半年すぎたころから木の屑がではじめた。

「はっ」と三郎は思った。自分のこれまでの強欲を、神さまがお許しになった。三郎は神さまに手をあわせた。天のほうから神さまは、にっこりと笑って、「三郎や、もう無茶苦茶な金儲けなんかするんじゃないぞ」

三郎は神さまに誓った。神さまは「そうじゃ。鋸は働くための道具じゃぞ」それから三郎は、どすこい、どすこい、はあ、やあれ、と朗らかに木挽き唄の声をあげながら、欲も得もなく働いたとさ。村中、力のつよいやさしい男と評判になったという話です。

子どもたちは、語り終ると、「どうです。面白かったですか」と口々に私の顔をのぞきこむような表情を見せた。「いや、なかなかどうして、テレビにでてくるようなマンガのようなはなしばかりかと思っていたが、どちらも村にあったような話で感心しました。こんな話、どこから仕入れてきたのかな」「それは秘密…」「そうか」私は苦笑した。

竹林のなかの花のなかからこぼれ落ちた妖精譚が竹取物語に似て、狸と狐の出現となる結末はまことに素朴である。失望落胆の婆さんが山へ戻る狸に狐に落涙するシーンもすてがたい味がある。

いっぽう黄金の鋸を持った村男への強欲懲戒譚。一年半後に、木屑がではじめたというところが面白い。

もともと子どもの空想・滑稽への創造力の偉大さには感知していたものの、たちどころにそれを醸成することには一驚であった。案外、昨今の世の大人たちは、子どもらのこの種の才能を軽視してはいないだろうか。またこの才能を発揮し得る場を閉鎖してはいないか。これを契機に、私はこの夏休みには、山舎において「かぎんちょ草紙子ども話道場」でも開いてみるかと考えた。氷菓子でも用意して、子どもを待つのも、好ましい風景ではないか。

コズミトコの行者滝

峠を、一つ越えたら、もはや豊後の国前津江にでるという県境の奥地に、樅の木の森があって、そこをコズミトコの森とよんでいた。むかしは樹齢三百年は数えられるような樅の木々がうっそうと茂って針葉樹林帯をなしていたらしいのだが、多くは倒されて、今ではへんてつもない植林の杉の山麓にかわってきている。

コズミトコの森で、むかしにかわらないのは、ただ一条の小さな滝であるかも知れない。この滝はコズミトコの行者滝と名づけられている。彦山の山伏たちが峠を越えてきてこの滝に打たれ、身を清浄にし、修験勧行に山間の村々にたちまわっていたというつたえがある。

この行者滝のかたわらに、二本だけ残っている樅の木の下に、円満具足の笑みをたたえた愛らしい地蔵が坐っている。村人は行者滝の地蔵さんと言ったり、足掛、あしかけ地蔵と言ったりしている。

このごろの話だが、親友の画家耳納清さんがはるばる訪れてきたが、六十の歳になったとたん足が弱ったというのである。耳納画伯は一体に小品は描かず百号クラス以上の大作をアトリエで日がな立ちん坊で制作するせいかもしれぬと述懐する。そこで私の脳裏にきたのが、かの足掛地蔵さんである。地蔵さんに詣でたら快癒覿面《てきめん》ではなかろうかと語った。耳納画伯は莞爾した。それからコズミトコの行者滝までのドライブとなる。

ところで民俗学の泰斗柳田国男翁の著書をひもとくと、沓掛信仰の根源、または諸国の信仰についての解説が散見される。たとえば「浅草の観音の仁王門の前に、つい近頃までは巨大な草鞋が何足となくさげてあったが、その理由は寺の僧たちもよく理解をしなかった」また「田舎では疫病除けに村境の祠の注連縄に草鞋をぶらさげている。それも片足だけあげていたりするのは、山の神さまは一本足だという村人の思いこみともうかがわれる。または行旅の具として、遠くより来る神をもてなすための一つで、村人の祈念によるものか」と柳田翁は推察なさっている。

べつには「足手荒神」という話が書かれている。それには、手足や乳房に痛みのある者が、木材でその形をつくり、持ってきて、寺院に納める民間風習について述べられている。

わが国の神さまは、人間の五体の苦痛について、それぞれ専門医のように分業され、それぞれに霊験を発揮され、その効果が喧伝されると、われもわれもと各地から祈願参拝者が続出する。あまり多くなると、それに応じて霊験も拡散してしまい、やがては衰微をたどっていっていると、柳田翁は診断されている。

このような民俗学の泰斗の考察をたどっているとき、浅草の観音や村々の寺院のなかに、沓掛信仰が見出されるようだが、霊験のほうを担当されるのは、荒神さまとくるのだから、奇妙な感じが、横ッ腹のほうをかすめるのである。むかしは田舎の神さまは、仏さまのおすまいである寺院などに遠慮頓着もなく寄留されていたようにもうかがえてくる。融通無碍に処せられていたと思われる。

そういえば、わが村の足掛地蔵についても、足の神がいて、足の不自由な者がこの地を訪れると、快方に向うといういいつたえがあり、地名はコズミトコといい、かたわらに行者滝があると、村役場の名所旧跡案内には書きつけている。足掛地蔵と言っておきながら、足の神が存在するというのは、いささか矛盾の説明のように考えられるが、柳田翁の所見を参照していると、なんとなくその矛盾も可笑しく腹の虫もおさまってくるようである。

ことしの夏はじつに雨が多い。雨が多くても野の草花は繁茂している。車をおりて、二百米ぐらい、行者滝までは歩かなければならなかった。雨露にひたされている草道の坂を耳納画伯と私は前後して登っていく。細い道である。その道辺に白い山百合がぴょこんと立って咲いている。

みちみち、画伯は、コズミトコの滝やらについていわれはないかと私に訊くのである。

日本書紀景行紀に「山の峯くきかさなりて、かつ美麗しきこと甚し。若し神其の山に在るか。時に水沼縣主猿大海奏して言さく、女神有り。名を八女津媛と曰ふ。常に山中に居る。故れ八女国の名此に起れり」という一節があることを私は答弁しながら、「どうも美しい姫が山中に存在するという風聞があったがためにこんなへんぴな山間までも往来がむかしにあったと思えてならん」と私見を陳述。

　景行天皇に奏上した猿大海という縣主なる男は、ある日には、姫を訪ねてひそかに足を山中に踏みいれたと思えないでもない。ときは古代の話である。どのような道行であったであろうか。豪の男とはいえ、道中の難儀は推察される。単独の探行ではなかろう。縣主という肩書をつけた男である。猿大海は、胸に、かれんな姫の容貌を描き、なにやら恋ごころめいた思いを一途に、この山中まで足を踏みこんだ。だが姫を恋う心の内を従者に感知されては、体面にかかわる。つらいところである。おもてむきは国状視察と眉をしかめて威厳をつくらひ、厳粛に咳払いなど一つ、ふたつ。

　いっぽう古代女王の宮殿――。起居のなりわいはどんなものか。天然の岩の穴倉をたくみに利用されていたとしか思われない。こんな山中の姫のことである。つつましく穴倉の奥に鎮座の終日ではなかったのである。瞳はくろく、まぶしく魅惑をそそる光をおび、小柄ながら黒髪をなびかせ、敏捷に狩猟の男どもの先頭にたって山野を跋渉した。

――姫、異国人と思われる一行が到来のようでございます。注進に及んだ男の言葉にも、さしたる動揺のない姫の表情。まあ、はるばると水沼の野の果てからのご到来とは、さぞかし疲労のことであろう。滝の下壺のほうで旅の汗、塵をおとされるよう、申しつたえよ。

　姫は軽々しく対面などには及ばない。猿大海は道中旅塵の汚れなど顧慮もなく姫への面会をせまるが、応じない。苦笑のうちにすごすごと滝の下壺の水に、どんぶりっと飛びこんで、悲鳴をあげる。「ひゃあ、冷い」それから三日三晩の滝での清浄の行を終えたならば、対面をという伝言に「バカバカしい、女狐奴」と猿は憤激したものの、ここで千慮の一失であってはならぬと戒心、待ったのである。

ようやく待望の面接の日がきた。姫は岩屋の奥のほのぐらい奥に、まるっこい笑みをこぼして坐っている。なにやらかぐわしい香りにみちた岩屋の気配である。姫は猿大海に声をかけた。「遠路、お訪ね、ご足労なこと」いくらかハスキーな声であった。猿大海はとまどった。それから一言でた。「こんな山中のおくらし、ご不便ではござらぬか」男は山中を軽侮した言動をひびかせた心算であったが、姫は笑って、「山中こそ、生のみなもと」と一言。猿大海はまたしても女狐にたぶらかされた思いで叩頭自嘲。それでも縣主。「水沼のほうにもご来行なされ」とやさしく笑い、それから三日三晩、滝に打たれて健脚、帰国した。

そこで猿大海は景行天皇ご巡幸の折、万感こめて「かの山の彼方を治める媛…。」とハスキーな声色など思いうかべては「美しい媛でございました」と奏上した。

耳納画伯とつれだって、足掛地蔵に合掌した。地蔵の前には、ピンク色のハイヒールが片足、献納されていた。これはなにのまじないかとくびをかしげた。

矢部のやん七伝

矢部のやん七さんに
何買うてあぎゆか
紅か手のごひ
豆しぼり
矢部のやん七さんが
嬶への土産
メクワジャ　アゲマキ
蟹の味噌

柳川が生んだ聖詩人北原白秋の小曲集に、矢部のやん七さんがうたわれている。かねてからいちどはこのやん七という人物について、一筆、描いておきたいと思っていたものである。

山峡矢部の村は、江戸時代では豊肥三国境の三国山を源流に有明海にそそぐ矢部川をはさみ、北岸は有馬さんの治める久留米藩領、南岸は立花さんの柳川藩領といったぐあいに区分されていた。したがって風習風俗の微妙なところに差異が生じたようである。目立ったのは言語である。久留米藩では人を呼ぶのに、「おまや」というのに対して、柳川藩は「あなっつぁんな」とくる。父母を「ととさん」「かかさん」と呼ぶのは久留米藩。柳川藩は「とっさん」「かくさん」。「のも」「かんも」と語尾にくるのも柳川の特徴で、どちらかといえば柳川藩領のほうが温良悠揚な気分が漂流している。

それから柳川の殿さまは、柳川城下より矢部川源流にむけ、ていねいにも里程石の碑を建立なされている。今も、十二里から十五里まで石碑が残って、はるか昔の柳川領街道の往来をしのばせる。

さて、かの矢部のやん七なる人物が、柳川の城下町へ往来したのは、いつの時代であったものか。

白秋は描いている。「秋もふけて、線香を乾かす家、からし油を搾る店、パラピン蠟燭を造る娘、提燈の絵を描く義太夫の師匠、ひとり飴形屋の二階に取り残された旅役者の女房、すべてがしんみりとした気分に物の哀れを思い知る十月の末には、先づ秋祭の準備…」「楽しい祭の前触《まえぶれ》が異様な道化の服装をして、喇叭を鳴らし、拍子木を打ちつつ、明日の芝居の芸題を面白おかしく披露しながら、町から町へと巡り歩く」これは大正期の柳川市井の風俗ではあるまいか。白秋が描いた矢部やん七はたぶんこの時代に、へんぴな山間から街道をくだってきた人物のように推察される。「矢部のやん七さんが華魁《のすかい》がよひ、すえは河童の皿かぶり」ともうたっているところから、山商人風情の男が、どてっ腹に財布をしまい、秋祭の城下町で、大尽気分での遊蕩ぶり。四通八達の水路のほとり。柳の木陰の青い幕をはった夜店。ふとめぐり会った芸者に惚れこみ、惚れこまれ、「何買うてあぎゅか」「矢部のやん七さんに見せたかもんな、祇園祭に菱の花」の連れ歩きの様子。二日二夜と歓楽はよいが一夜ごとに薄れていく財布に、やん七さんも驚愕。無一文ともなっては遅しと、みやげに蟹味噌。てて っぷっぷに風車とは、いささかわびしげなみやげの買い物である。「またきめせ」厚化粧の芸者に手をふられて舞い戻る山峡への細道である。

江戸期のやん七は頽廃に遊蕩する大正期とはそうとうに異なって質朴である。トテ馬の時代ではない。年貢上納に、茶、楮、こんにゃく。馬の背に年貢物、背負い籠に商い物と、草鞋がけで徒歩旅行。たいへんな難儀道中であったのだ。

こんな話がある。

やん七は無事に庄屋のいいつけどおりに城内に年貢物を納めた。一夜の宿を城はずれにとった。柳川の海産物には珍味が多い。ムツゴロ。ワラスボ。メクワジャ。アゲマキ。

詩人はこれらの珍味にていねいな解説をつけていらっしゃるのであるが、なかでもアゲマキについては意外にも賞讃の描写である。「貝は瀟洒な薄黄色の殻のなかに、やはり薄黄色の帽子をつけた片跛の人間そのままの姿をして滑稽にもセピア色の褌をしめた小さな而して美味な生物である」と情緒がこめられている。

　だが村百姓やん七にとっては、初推参の夕食であった。山村とは勝手ちがった膳である。吸物の碗が一つあった。宿の女が、その碗を指して、「これはアゲマキでのう。ヘコをとって召しあがって、はいよ」といった。「へえ、これはまた珍しい風儀やのう」と、やん七は照れ笑い。郷に入れば郷にしたがえとは、日常、庄屋からの耳学問。「では、ご免」とばかり自分の褌をはずして坐った。女はおどろいて、顔を真赤に赧らめて立ち去った。

　いれかわりに、宿のおかみが上ってきた。「まあ、まあ、ヘコまでとって…」「しかしのう、アゲマキはヘコをはずして食べなされというからには…」おかみは笑った。それから碗のなかのアゲマキを見せ、「ここのヘコをとりめさんと」と、くっくっ笑いつづけての説明に、やん七はようやくの合点であった。

　こんな珍談から、柳川の城下町で、矢部のやん七さんが評判の人物になってしまったのである。そのうわさには、いくらか、へんぴな山間の人物を嘲笑した気配がないとはいえない。つまり田舎者《いなかもん》といった侮辱感――。白秋の小曲集に登場のやん七さんにも軽侮の調子がこめられているのは、やん七のアゲマキ珍談が尾をひいているようでもある。

　この珍談は、柳川の殿さまの耳にも達したと見え、「矢部には愉快な人物がいるのう」と微笑なされたという。そうして「いちど、矢部の奥にも出向いて見たい」と巡視を思いたたれたというのであるから、やん七の奇行は思いもかけない発展を見せたものである。

殿さまの巡視は晩春のころであった。宿は庄屋の家に泊られることになった。山間の珍味をご馳走しようと、やん七は山を廻って、ウドを採ってきた。ウドは雑木林の野に自生している。この季節になると、茎がのび柔らかく苦みと香りがいりまじって美味である。それを庄屋の女房が腕によりをかけて、ウドの酢みそあえをこしらえた。

殿さまは「たいそうにうまい。それにしてもこのうすい木の皮はなんというものか」「はい、ウドにてござります」「ウドといえば大木…」「はい、さようでござります」「ウドの大木とは、役にたたぬ大男のたとえにもいうものだが、この村のウドはちがうものじゃのう。この香気はなんともいえぬ」

殿さまは若い茎のウドをはじめて賞味されたのである。この巡視後から、村人は「ウドの大木殿さん」と言って、ウドの芽だちの季節になると、殿さまのうわさをしたというのだが、やん七としては、柳川の城下町でのアゲマキ珍談の返礼にウドをという意趣もこめたのではないかと察知もされるが、なにぶん封建の時代である。殿さまがウドを賞味されたというので、大方の村人は、ウドに肩書、位勲でもついたかのように、ウドに高値をつけたらしいのであるが、町のほうではさして評判とはならなかった。とれだちの柔らかみを失ったしろものや、伸びすぎたウドは堅くて食べられたものではない。ウドの大木とはよく言ったものである。

哀憐クツワ虫譚

それは遠い昔。ざっと六百数十年あまりの昔の話である。後醍醐天皇が武士の手から政治をとりかえし、新しい世の中をつくろうとされた。しかし不平をかこつ武士も多く、戦乱の火があちらこちらに起きた。そのうちに足利一党の勢力がたいそう強くなって、天皇はしかたなく吉野の山地に移居、そこで天皇は皇子に御旗をさずけ、東の国、西の国の武士たちに決起を促されたのである。

御旗をもって、西の九州へくだられたのは征西将軍懐良親王である。親王は五条とよぶ公家たちと九州に到着、肥後の菊池一族の力をかりて、このへん一帯の国々を統括されようとしたが、尊氏軍団の探題一色、仁木の勢が圧迫する。それに今川勢までが下向してくる。一時は菊池軍は得意の騎馬戦で、一色の勢を筑後豊福原に誘いこみ、散々に打ち破るなどの戦果もあげるが、武将菊池武敏の病没から南朝軍の士気は衰微の傾向をたどる。

しかし並び鷹の羽の戦旗をひるがえす菊池一族は武光、武義の登場で息をふきかえし、新たな島津軍勢と戦ったり、幾多の奮戦記を綴りあげていくのである。だが懐良親王の東上計画も夢破れ、足利幕府の九州探題今川の勢力が拡大、疲労困憊の親王は、後村上天皇の皇子良成親王を、後征西将軍宮として迎えられる。

良成親王の西下は、五、六歳ないし十歳前後といった説がある。少年将軍である。

そこで私はつぎのような物語を書いたことがある。

良成親王はまだ年も若く少年らしいやさしい顔だちをしておられたが、勇気のあるお方で、戦いにも刀をかざして敵の軍にきりこんでいかれる。敵の矢で親王のかぶとに、あちこちきずができたりもしたが、烈しい戦さのあとでは、そのきずをなでながら、

「これで七本めの矢のあとになる」とにが笑いなさっていた。おつかえしている五条氏は「おそれおおいことに」とつぶやいては目がしらをおさえるのであった。

どうみても良成親王のほうに手助けする武士は数すくなく、足利勢のほうが勢力をましてきた。「これでは親王の御身があぶない」と案じた五条氏は、筑後の山奥、シャカ岳ゴゼン岳の麓あたりに、しばらく身をひそめることにした。五条氏のすすめに領かれた親王は山また山の細道をわけいっていかれた。

着かれたところは、山は高く、見渡すかぎり、深い森林。はるか彼方に谷川の瀬音が、ときおり風のむきによってはひびいてくる。山脈にかこまれたこの地方では、空は狭くかぎられ、陽がかがやいている日は、すくなかった。夏のひるまえは光る白雲のながれを西の一角に見られることもあるが、ひるすぎになると、雲は風を呼び、にわかにくもって、稲妻が走り、ドッドッとふ

とい雨足が走る。

親王は草ぶきの小屋にすわって、しずかな顔で雨の行方をながめられるだけであった。

そんな日々がすぎると、山を渡る風はいつのまにか冷ややかになり、山の秋は早かった。

近くに住む村人とも、やがてなじまれ、村人が持参するキノコやヒエのたぐいをよろこんで召されるのであった。

「さびしい山奥だが、戦さがないということは、しあわせよ、のう」と親王は五条氏をかえりみては、いくたびもつぶやかれる。

秋はしだいにふけていく。ある月の美しい晩であった。草ぶきの小屋に、御体をよこにされ、木々の梢からもれてくる月の光を掌にすくいとられるようなしぐさなど、なさりながら、遠い吉野の都のことなど思いうかべていられるようであった。親王の頬には一条の涙がつっとこぼれている。かたわらの五条氏は、それを拝しては天をあおぎ、「おいたわしいことじゃ」と、かすかにためいきをついた。そのうち親王は、おつかれのせいか、いつのまにやら寝息をたてていられる。

月がくもった。まわりの草むらから音しげく虫時雨がながれてきた。なかでもクツワ虫がひときわ高く、ガチャガチャと鳴きたてる。その鳴き声のせいか、親王はすくっとたちあがり、刀を手にされた。五条氏もなにごとかと身をかまえた。しばらく耳をすましていられた親王は、

「ああ、虫の音であったか。クツワ虫じゃのう。寝呆けていたようじゃ。あのクツワ虫はまるで、馬のくつわの音によくにている。馬にのった兵に攻めよせられたかと思った」と苦笑された。

それからというものは、この地のクツワ虫はガチャガチャと鳴きさわぐことを、ぷっつりとやめてしまったというのである。

いまでは仲秋十月八日に、村人たちは「おそばまつり」を行なっている。この地で亡くなられたという親王の霊をなぐさめる祭礼である。

こんどの太平洋戦争が終ってからというものは、この祭礼は世にはばかられるようになって、しばらくは月夜の晩にひそかにとりおこなった。いつの年であったろうか。村人が「親王さまのお墓どこ」の前の草っ原にムシロをしき、おいのりをしていた。ただこのときはいつもとちがって天満宮から神主さんを招いてきた。神主さんは、うやうやしい声で、祝詞をあげた。

村人はかしこまり、頭を低くさげている。そこへ、ひょいひょいと村人の膝や襟もとに虫が飛びはねてくる。「カケマクモカシコミ……」と祝詞をあげている神主さんの背すじにも、ひょいと一匹の虫が飛びこんだ。神主さんは、くすぐったいのをがまんして、祝詞をようやくあげおわった。そのあと、神主さんは、村のむすめにたのんで、背中に手をいれてもらい、背中をくすぐる虫をとってもらった。「ほら、これでしたよ」むすめは掌の一匹のクツワ虫を神主さんにそっとひらいて見せた。「こりゃ、クツワ虫じゃないかね」それにしてもと、神主さんは不思議そうに首をかしげるのであった。「なんですかい」と、村人も神主さんの肩ごしに、むすめのてのひらをのぞきこんだ。「どだい、のう、この虫はガチャガチャとやかましく鳴くはずだがのぅ」「へえ、この虫は、どだい鳴くのですかい」と、こんどは反対に村人のほうが首をかしげた。

このへん一帯の村落を「御側」とよぶのは、良成親王を迎えてのことらしく、つまり親王のおそばに暮らした村といった意味がこめられている。そこで「御側のクツワ虫は、ものいわぬクツワ虫」と言い伝えるようになったわけである。

史書などをひもといて勘定してみると、南北朝の争乱は六十年余にわたるようだ。征西将軍懐良親王が九州に入られてからも三十五、六年、村で薨去説のある良成親王にしても、二十年ちかく肥後から筑後の戦乱に奔走されている。この怨念のエネルギーにはほとほと感嘆である。

このごろ、私は丸谷才一氏の「楠木正成と近代史」という評論を読んだ。なかに南朝方の怨霊信仰が述べられていて興味深く思った。もともとこの評論は『太平記』論ともいえそうだが、後醍醐と親しかった僧正たちがみな天狗になって酒もりをはじめ、天下を騒がす話がある。こんな話から考察すると、今に至るまで村人が親王祭礼を継承している理由には、かれんなクツワ虫なんぞではなく、もっとユニークな怨霊騒動が秘められているのではないかと推理される。

柚子の木

電線
むろん電柱もたっていない
針葉樹林のなかのへんぴな村落
藁屋根の軒さき
あるいは泥壁の蔵のよこに
夕闇に灯っていた黄金の柚子の実
それはごくあたりまえに
暮らしのなかで

ニラやランキョやコンニャクの草むらに
あったのだ

蜘蛛の糸よりも無表情な電線がかけられ
電気点灯記念の石碑をたてるというし
柚子の木は燃えた

トリおばしゃんの唄

矢部の道路が　しまえたならば
連れて帰るぞ　わが里に

朝の六時から　弁当箱提げて
きょうもハゲ万さんに　ただかせか
ただと思たら　銭もろた

村の道は昔はおよそ杣道《そまみち》ではなかったろうか。けもの道を少々幅をひろくしたあんばい。晩秋、露しげきころには、草鞋もぴたぴた、草むらに膝もとまでびっしょりの村人の往来。そのかわり、東は豊後の国へイノシシ追い、西は黒木《くろぎ》の町へ塩買いに。南は肥後、相良《あいら》の観音さん詣りは願成就。北へ星野へ柴売りというように、哀歓難儀もろもろの峠越えを想うことができる。

現在、国道４４２号線。筑後大川の町から、福島、黒木、ふさふさと垂れる樹齢六百年の伝説をもつ藤の花棚をぬけ、山峡矢部、日向神ダム、それから渓谷ぞいに登って竹原峠をぬけると、豊後の九重連山眺望、そうして竹田へ向うルート。

この道の開発起源は、明治二十六年と記録されている。たぶん難工事であったにちがいない。杉材を運搬する馬車のとおるような道をつくろうというのである。丸太を背負って町のほうへ搬出とはいかない。旧柳川街道といっても、草露すだく細道なのだ。これまでは、茶、こんにゃく、椎茸を籠に背負って村をで、帰りに塩、ときに、こんぶ、提灯、鎌なんぞ求めてきたというのが明治十年代。

明治の文豪田山花袋の紀行文がある。「人家があったり、橋があったり、さうかと思ふと、渓の屈曲して行くのにつれて路が次第にわるくなって行ったりして、気がつくと私たちは既に深い万山の中にその身を置いて、前の塞った山巒に樹が密生してゐたり、雲が湧き上ったりするのを目にしつゝ、ガタガタと絶えず動かされて行ってゐるのだった。運転手のだまって把手《ハンドル》を廻してゐるのと、U君がじっとそれを見詰めてゐるのとが……」

これは大分の日田商工会刊行の田山花袋紀行文集。昭和二年の発行の珍しい本よりの引用。したがってこの期には、馬車の往来のみでなく、あの幌つきのフォード、自動車が山間道路をときとして登ってきたと考えられる。

さて、お話は、明治二十六年の山間道路開削期。

イネツキ村落の太一つぁん方はちょいとした地主さんで裕福な暮らしぶり。そこへ奉公にあがったのは九つになったばかりの小娘トリ。太一つぁんの屋敷はひろうてひろうて、桐の木が一本。通り路の両わきには赤、青の紫蘇の葉っぱがならんでおった。赤紫蘇の葉は梅漬用である。裏手には梅の樹七、八本。青は香味に。それから柚子のチカチカ、棘の樹もあった。屋根は萱ぶき、ペンペン草なんぞも生え、芒の穂も見られるときもあったり、ふるいふるい家なんだ。牛小屋、馬小屋も南手に立って、まあ、年中、がやがやの家なんだ。

ここへきたトリのしごとは、子守り役。二つの赤ん坊を背中に負わされ、朝から晩までがやがやの家をでて、道端を行ったり、来たり。

オトッチャン　オッカシャン
ヨーキキ　ナハレ
モリコ　ワルスリャー
コニサワル　ヨイヨイ
オドマ　ヨカヨカ
ドゲーンガ　イワリョガ
サリョガ　ナガクコノガニ
オルヂャナイ　ヨイヨイ

トリはどこからともなく聞きおぼえた子守唄を小雀のようにちょんちょんつぶやきながら、行ったり、来たり、背中がしびれるようになったら、石ころころの細道をのぼって、観音さんのお堂でひとやすみ。こんもり茂った杉の木陰のお堂は夏はひんやり、背の汗もすっとひいてしまう。赤ん坊もタヌキのような顔で笑って、お堂の板ばりをそれこそタヌキの子のようにごそごそ這い廻った。そんなとき、トリはお堂の板壁にさがっている母者の乳飲みごをだっこした絵馬なんぞをしみじみ見入った。母者のおっぱいのおおきいこと。そして乳房に塗りつけた白絵具。梅干みたいな乳首の朱色。わあても、あんなおっぱいになるのかなあ。ふしぎな気がした。

そんなあけ暮れの秋のころから、つるはしをかついだ一隊がどさどさと村へ入りこんできたのを見かけるようになった。なかには子づれのおかみさんも見えた。おかみさんはしょうけを手に持ち、背中に赤ん坊をくくりつけている。モッコをかついだ若者もまじっていた。

ひろいひろい道路ができるそうな。ひろい道ができたら、馬車がとおるそうな。ひょいとしたら、歩かんで馬車に乗って、とおいとおい町までも行けるとか、なんか夢のような話がトリの耳にもはいってきた。

道つくりの一隊は、谷下の日影の崖ぞいにムシロ小屋を建て、寝起きをはじめるようになった。寒いところだ。おてんとうさまのひかりはぜんぜんとどかないところだ。太一つぁんの屋敷と反対の南側である。山深い村は北側のほうがよくおてんとうさまがさしこんでくる。

これからだんだん日が短こうなって、寒くなる。「あん人たちゃ、寒かろう」トリはそう思った。晩飯どきだ。太一つぁんの旦那が「あん人たちのなかにゃ、天草へんからもきとらすばい」と嫁さんたちに語っとらすのを耳にした。天草、あまくさ、茶つみどきに太一つぁん方にきた姉ちゃんをトリはおぼえている。しんせつなやさしい姉ちゃんだった。白い貝ガラを一つ、トリに呉れて戻っていった姉ちゃん。あの姉ちゃんは道つくりには、来とらっさんかな。そんな気がして、それから、トリは赤ん坊を背負って道路工事見物がはじまった。

朝もそりゃ早くから仕事がはじまった。よいーこら、どっすん。つるはしを振りあげるおっちゃん。鍬でしょうけに土砂をすくい込み、運ぶのは、女の衆。おてんとうさまが谷の杉林の梢から大分はなれたころに、だぶだぶのズボン、それも足くびのところはきっちりしめ、草鞋ばきではなく靴をはいた大将さんが顔をだす。人夫頭とか聞いた。髪の毛一本もないつるつるてんのハゲ頭。お月さんみたいな丸っこい頭。この大将さんが姿を見せると、人夫さんたちは、眉をしかめて黙って、つるはしを振る。すると、大将は「気合いをいれんか。こら」と胴間声をあげる。するとよいーこら、どっこいしょ…。

子守りのトリは、そんな風景になじみ、そして子連れのおばさんも見覚え、その赤ん坊も遊ばせてやったりするようになった。人夫さんの昼飯どきに「トリしゃんやい、ここにこんね」と呼ばれ、ゴザのうえに坐って握り飯を一つ頬張ったこともあった。

〝きょうもハゲ万さんにきたわれて、よいとんまけのどっこいしょ…〟と、ひょうきんに歌いだすおっさんがいて、トリはあの大将はハゲ万さんと名前を知った。そうしてハゲ万さんの唄をぜんぶ覚えこんだ。

「わたしゃ、あのころ九つやった」私の家隣のトリおばしゃんが私に遠い昔の少女の日を述懐したことがある。トリおばしゃんはたしか明治十八年の生まれとか言っていた。すでにこの世の人ではないが、トリおばしゃんのハゲ万さんの唄がかすかに私の耳にのこっている。

三倉の風穴

豊後との国境を走る山脈のなかに、馬の尻をあげたような恰好の猿駈山がそびえている。その麓にミクラとよぶ狭い高原がある。むかしは御倉と書いたそうだが、現在の地図では三倉と表記されている。矢部の村内から見れば、たいそうへんぴな山奥であるが、豊後一帯と併せて地図を眺めると、金山で有名な鯛生あたりとは意外に至近距離である。二、三里もあろうか。中世、南北朝争乱の時代には、しばしば豊後の国から大友の軍勢が、南朝軍の砦である筑後矢部方面へ攻め寄せてきたというが、その動向をうかがう監視台の役目をしたのが猿駈山であったらしい。地図を見ていると、なるほどと今に首肯される。

そこで南朝方は、この麓に陣をかまえ、かなりの糧秣から武具、または軍用金をも収蔵をする穴倉を保持していたのではあるまいか。「御倉」とこの高原を呼称したゆえんが推察される。

南朝方しだいに後退、最後の拠点として奥八女の山岳地帯に結集したが、明徳二年、大友の軍勢は山脈を越え、それこそ猿が駈けるが如く筑後の国へ駈けこみ、黒木氏を撃破、落城させてしまった。

このとき南朝の軍勢は、「御倉」の穴倉は草むらで覆いかくし、他日を期して蜘蛛のように八方へ姿を消した。

翌年には、南北両朝合一、六十年に及ぶ戦乱に終止符がうたれる。

しかしこの中世期は、チミモウリョウの時代とも言う。何処からともなく「御倉」高原に入植してきた者がいる。南朝敗残の郎党であるのかはつまびらかではない。ポツポツと草ぶきの屋根をかまえて、六、七世帯はできた。人里離れた山間である。よほど途方に暮れた者ではない限り、こんな場所に居をかまえる理由はないはずである。猿駈山と名づけたくらいの山麓のことだ。アワ、ヒエ、コンニャクなどの雑穀は取れようが、名のようにまず猿が駈け、野兎、猪の害も多大ではなかろうか。生活は難儀なものであったと十分に想像される。それに耐乏しつづけたというのは、たぶんに軍用金を埋蔵したと伝えられる「御倉」に思惑が働いていたと思われるふしがないでもない。

ところが逃亡のおり草むらで穴倉を隠蔽したために所在が知れなかった。たぶんこのあたりではないかと見当をつけて鍬をふるった柴作という男は、カマイタチに襲われ、頬から腿まで斬りこまれてしまった。そいつは、つむじ風を巻きたてて、忍者のように斬りこんできたと、柴作は息もたえだえにその一瞬の災難を語ったというのである。南朝亡霊のたたりではないだろうか。

そこで、傷をようやく治癒した柴作は、その地点に、南天の樹を三本植えた。往来の山伏徒輩かが柴作の述懐に啓示したのであろう。カマイタチを山伏は荒神さまに見立てたと想われる。今もこのへん一帯では、荒神さまをまつるには南天の樹がよいと伝えられている。また南天を屋敷のすみに植えておけば、火災の難をさけるという言い伝えもある。それはたいそう霊験ありと告げられている。

時代が風雪のように流れ走って、世は泰平な元禄となる。いつのまにか御倉が三倉と変革され、カマイタチ襲撃の地点は、南天塚として村人から尊崇の念を寄せられることとなってきた。

小坊主やい、この塚に、片足でもかけてみろ、たちまち、つむじ風がひょっとこ目玉をむいて腿は斬りとられてしまうぞい、大人たちは、腕白な男の子供らに説教した。それから南天の実が紅く熟れて、ヒヨドリがついばみにやってこないうちの晩秋、村人は塚に神酒をかけ、いっせいに祈祷した。

それからまた幾年、三倉では一番陽の射さない熊笹藪の下に、掘立小屋を建てて、住みついた男がいた。男は、南ノ助と名乗った。南ノ助は炭焼きがまを築いた。藩からお許しを受けたとも言いふれて廻った。村人は面妖な人物と薄気味悪く男を見た。男の顔は青白くアゴは錐先のようにトがって、眼光はケイケイ、武家くずれに相違なかった。

猿駈山の麓に、炭を焼く青白い煙をあげている。それは村人を煙にまく所存であったらしい。南ノ助なる男は、当初は、炭材のカシの木なんぞを勝手に伐採、それも藩の許可とばかり村人の非難などは意中にもないありさまであったが、冬に入り、日が短かくなるころから南天塚の土手っ腹に当る崖のほうから横穴を掘りだしていた。

村人の眼は恐れていた。村人が野良仕事を終ったころから鍬をかついで小屋を出るのである。村人は警戒した。

南天塚のたたりを憂慮した。それと共に軍用金埋蔵の伝えもある。その盗掘ではないかとも懸念した。村人は謀って南ノ助なる男の見張り番をたてることに決めた。

深夜、掘りまくった南ノ助が掘立木屋に戻る。疲労のせいか、高鼾をかいて眠り呆けている。それも見張り番はうかがっていた。

まず一夜、戸板の隙間からうかがっていると、南ノ助の枕もとに、何処から到来したのか巨大な白蛇がとぐろをまいている。そうして白蛇は赤い舌を伸ばして、なんと南ノ助の鼻先きをぺろりぺろりとなめ廻す。冷てえとがばり起きあがった南ノ助のうめきともつかぬ身振りの声に、白蛇は煙のように天井に消えた。

二晩目、見張り番はかわっている。穴を掘りまくった疲労はさらに重なって、ごとりと南ノ助は眠りこけた。昨夜の番からこっそり耳打ちされた白蛇のまたもや到来かと、覗きこんでいると、どさりと枕もとに落下したのは、なんと黒蟇ではないか。蟇はのそりのそりと、南ノ助の腹のうえに這いあがる。重たい、苦しいとうめき声をあげようにも、蟇はかなりの重量、こりゃ死ぬぞ、助けてくれ、金切り声の悲鳴に黒蟇は悠々、南ノ助の五体をのしあるき終るや黒煙と化けて消えた。

三晩目、今夜は何者の襲来かと、恐怖のうちにも奇妙な関心が湧いてくる。もはや村人は、ひそひそ語らううちに、南朝亡霊のしわざと合点したふしもある。

南ノ助はそれは露知らぬ気配である。三晩目は何処から仕入れてきたのか、酒徳利を枕もとに置き、竹っぽを盃に、なみなみそそぎ青白い顔を朱色に染めて寝た。さてはさてはと覗きの番人、こちらまで眠り呆けたのではあるまいかと眼をこすった。南ノ助の枕もとに音もなくしのび足で入ってきたのは、なんと女人ではないか。まずは幽霊ではないかと、さらに眼をむいて女のあでな衣裳の足もとを見た。幽霊には足がないというではないか。素足が見える。顔を見た。隣家の金兵衛方の女房にそっくりではないか。あの顔の造作のなかではかくべつにふとい眼、そして見つめられると背筋がずーんとふるいたつような魅惑の黒目。あのおこよではないか。それにしても白い着物は妙である。おこよらしい女性は、南ノ助の蒲団のなかに白蛇のように身をくねらせて添い寝した。男は、知ったか、知らぬか。

翌朝、蒲団の中は、もぬけのカラであったという。南ノ助なる男の姿は、三倉の村から消えていた。そうして金兵衛方の女房おこよも行方が知れなかった。

男が掘りかけた穴倉は、今では「風穴」とよび、冬を越す芋類の貯蔵に誂えむきという話である。

藤兵衛恋愛記

だんなあ、だんなあー。

表のほうから呼び声である。藤兵衛は裏手の炭小屋で、この師走に焼きあげた木炭を、爪さきでちんちんとはじいては、ていねいに鑑別をしていた。この小屋のなかで、丸太の切り株に腰をおろしての仕事は、深山幽谷に身をひそめたような境地でもある。炭小屋のまわりは竹藪。おりおり風に騒ぐ気配はあるが、寂たるものだ。

そんな空気のなかに、また呼び声がきた。鑑別の手を休めて、藤兵衛は背筋を伸ばしては聴き耳をたてた。

声は、下男の五八である。

だんなあ、お客が見えてらあー。

さては、どなたか。

けげんな想いで、藤兵衛は立ちあがった。藩のほうへ上納する茶会むけの花炭の用だてには、まだ日数があったはず……。さてはと見当をつけかねているところに、ふたたび五八の皺枯れた呼び声。

――おんなのかたでえ……。

がたぴしの炭小屋。戸をきしませて、戸外へでた。藤兵衛、蹌踉の足どり。どぶろくが効きおったか。

還暦をむかえたばかりの藤兵衛、去年の秋に女房を亡くしてからというものは、何をするにも、とりかかりに二、三合の徳利が要った。手助けの五八には気付薬だと妙に弁解じみたが、なぜか白面では性根が坐らぬ、すべてが徒労じみて馬鹿馬鹿しい……。

屋敷の裏手沿いに廻る。湿った栗の落葉が一面だ。おっとと、足を滑らせそうになって軒の泥壁に手をかけた。五八は何処に行ったか、声はない。昼間、山麓の空気は、蒼く冴返っている。空耳ではなかったのか。

ちょっちょっと、みそさざいの声がひとしきり。訪ね人がおんなとは胸に算用がつかなかった。いぶかしげに頸を傾けては、足どりは確かにと自分自身を説得しながら気をつける。そこへ冷っこいものがぺぇとりと禿げの頭に……。うえっ、人魂やねえか、訪ね人は――だが、この真っ昼間に人魂飛行のはなしは聞かぬ。左手を頭にやって、手にとったのは、なんや阿弥の白椿。花弁のひとつが音もなく藤兵衛の頭蓋にはりついた。見あげると椿の枝さきを縫って、みそさざい、一声、三声、残して消え去った。藤兵衛は鳥の声を真似たような舌打ちをこぼして小走りに屋敷の表へでた。

表手の門口。ぼうぼうの枯芒のかげに、それはあたかも、すだれ越しに見るおんなの姿である。おんなの着物は、これは白無垢。

——おう、お、おきぬさん。

夢ではあるまいのう。何年ぶりか。ちっとも変らぬおきぬの姿。おんなの眼玉はあの日同様、黒く濡れたように光っている。藤兵衛は握ったままの阿弥白椿の花弁をもみすて、その手で左右の眼を二、三度こすった。

これは、これは、よう訪ねてくれなさった。藤兵衛は、駈けださんばかりに手をあげた。おんなも近寄ってきた。藤兵衛は眼をつぶって両方の手をひろげては抱きこまぬばかりのしぐさである。身を妖しくくねらせたおんなは、藤兵衛の手をとった。一瞬、冷たい手と思った。寒かったろう、いいえ、会いとうござりました。おんなのなつかしい声色といっしょに、おきぬの手は春の陽のようにぬく味をおびてきた。

何年むかしか、藤兵衛は一時期、女房らを麓の屋敷に置いたまま、ひとりで根引の山頂近くに小屋をかけ、炭焼きにこったものである。白い煙があがっているのを見ては、達者と思え、そう藤兵衛は女房、家人らに言いのこして山籠りであった。ことしこそは殿さま、ご満悦の花炭をしあげたいというのが念願である。樫の立木から吟味した。材を選ぶ。一窯分の準備に二ヵ月かかった。ようやく窯につめて、火入れをしたのは、冬至の日になった。昼すぎまでは雲のあいまに陽は照っていたものであったが、むこう山の辺に落ちかかるころから雲の色が黒染み、風がきた。ちらちら幾片かの粉雪が藤兵衛の肩にかかっては水滴となる。窯の火の色は、あたりに翳りが漂ってくるのと反対に美しく燃えあがる。藤兵衛は一心に窯の火を凝視していた。ところが、いつしか粉雪は牡丹雪の大柄に変って、すとすとと降り積もってくる。これは、いけねえ、藤兵衛は、窯の前にむしろを敷き、まわりに丸太をたて、しっかり切り木を重ねて、かこいをつくった。小屋はあるが火をたく場所はない。いっそ、窯の前に寝込んだほうが、寒くない。さような思案で、一馬力、藤兵衛は雪除けの砦をつくりあげた。これならば凍死もあるめえよ、藤兵衛は頬笑んで握り飯を焼いて頬ばり、眼を左右にやると雪は寸時に積もりあげていた。これはひどい。寒いとは思わなかった。窯の煙が雪のかげんか、一塊におれまがって、藤兵衛の眼をしょぼつかせることもあったが、暖気は十分なのだ。やがて眠気がきた。藤兵衛はそのうち雪ももやもうと悠長な気分になって、軀を横にした。

雪は休まなかった。しんしんと降りつづいた。ときおり風が窯のうえを走った。藤兵衛の寝顔に、雪片がかかる。水玉となって溶けかかった。それで藤兵衛は眼をさました。雪明りのなかに、一人のおんなが見えた。全身まっ白に雪を着込んでいるのだ。おんなは藤兵衛の側にしゃがみこんだ。こんな雪ぶりのそれも夜ふけに、いったい、どうしなさったのか、藤兵衛は眼をこすって、夢ではないかと確認のうえで問いかけた。おんなの眼は黒く妖艶な色あいできれいである。おんなはしばらくは藤兵衛の顔をみつめていたが、やがて花でもひらくかのように笑った。笑った頬のくぼみがかれんでもあった。もっとこっちへ、藤兵衛は暖気のある窯の前に、おんなの場所をあけた。おんなはよろこんで膝をすすめ、ささやきかけるように口をほころばせた。

わたしは肥後のもので、おきぬと申します。じつは夫がこちらのほうに、たいそうな炭焼きの名人がござるとの話で、その焼き方をならいに参りたいと旅だって半年。音沙汰なしで気がかりとなっては、あちこちの窯を訪ねてまわり、こうして昼間、青白く根引の山頂ちかくに炭を焼く煙を見定め、歩いて暮れてこの雪、ようやくたどりついて安堵したといきさつを手短かに述べた。わしのところにはござらん、もっとも炭焼き名人ではねえけのうと藤兵衛は左右に手をふっては笑った。おきぬというおんなもやさしく笑った。この雪ではどうにもならん、休みましょう。ふたりはむしろにくるまって寝た。おんなの軀はいいかおりがした。

雪の山路に、おんなの脚では難儀である。藤兵衛は、炭窯のまえに、三晩、泊めた。おきぬはしんから感謝した。いつの日にか、お礼にはちゃんと参ります。手だけはしっかと握りあって藤兵衛は見送った。

あれ以来の歳月、藤兵衛はこの出会いについては女房はもとより、誰にも一言半句もしゃべらなかった。いつの日にかと、あの約束を忘れなかったおんなの律儀さ、藤兵衛の眼は涙じみてくもった。ひそかに想った。これからいささか年はとったが、この人と暮らそうか。藤兵衛はおんなの手を握りしめた。と、おんなは、ちょっとお待ちになってと、枯芒のかげに。そこへ下男の五八が哄笑した。だんなあ、化けていますぜえ。ほら、鼻のしたにはヒゲが生えた。根引山の女狸。それにしてもきれいなおんな姿でござったなあ。

兼やんのどんだ曳き

村落ビワン瀬の兼やんは、どんだ曳きの名手と知られている。
どんだ曳きというのは、山の杉材を間伐するとき、その丸太を馬を使って曳きだす仕事をいうのである。

ついでに説明をくわえるならば、一山広く全面の立ち杉を伐採してしまうような場合は、最近では鉄索を架け、ロープウエイ方式によって丸材を宙に吊りあげ、林道に待機のトラックに積みこんでしまう。昔のように材木一本一本を馬に曳かせて搬出するようなことはしなくなってしまった。そこで村では、どんだ曳きの馬方の大半が馬を売り、索道の出し方となった。トンビとよぶが、鳶口一丁を肩に山行きをするようになった。こうした世の推移のうちで、ビワン瀬の兼やんだけは、どんだ曳きに執着した。理由は「馬とは、はなれられん」という一言であった。

兼やんが住むビワン瀬は、肥後境の茅切峠から流れてくる渓谷があたかも琵琶の形状に彎曲し、よどんで水を青くたくわえている淵の崖うえに三軒家をかまえているところから呼ぶようになったらしいのである。小字としては珍しく風流ありげな地名だが、実際は春秋一日のうちに西への入り陽が、ほんの涙の一滴ほどにしたたるくらいの陰湿な場所で、このごろ、瀬にはおびただしくぼうぼうの芦の草むらが繁茂して落莫の景を呈していた。ビワン瀬三軒のうちの西はずれの家が、兼やんの家だが、つい先年までは年老いた婆さと二人きりの暮らしであった。

兼やん方の婆さは、それは働き者で評判であったが、八十歳を越えてから足腰を痛め、山畑での鍬どりができなくなってしまった。兼やんが馬を曳いて山にでると、婆さは日昼せまい庭さきの藁打ち石に腰をおろしていた。秋の日なんぞは、紫蘇の葉かげにちょこなんと坐って、ときおり通りかける人間にお辞儀をしては笑顔をこぼした。人が歩み去るとムカイ山に陽がまわっていくのをだまって眺めていた。

それは初冬のころであったか、兼やんが一日の仕事を終え、馬を曳いて戻ってくると、石にかけたまゝの婆さが言うのであった。兼さ、兼さ、ちょいと見て見なされ、ムカイ山のあそこんへんの杉の木が三本、赤く焼けよるやろうがー。あのへんはのう。うちらの先祖の墓地じゃった。みんな墓を掘りあげて納骨堂に納めてしもうたが、まだホトケさんがのこっとらしゃるとばい。杉ばっかり植えてしもうち、とぜんなかち、言いようらっしゃる、そりけんで杉の木が赤う焼けよる…。呆け言いいんさるな、腹がぺこぺこたい。兼やんは婆さの言葉を傾聴するいとまはなく、馬の飼料、夕飯支度から風呂わかしと右往左往の夕方であった。ようやく晩飯どきになって、茶碗を手に婆さが、いつか供養しとかんとタタリのくるちとさびしげな顔でつぶやいた。

それから二、三日たって、婆さ、きょうはムカイ山の杉山をぬけてきたが、杉の木はちいっとも赤うなっとらんやった。青々しとったばのう。兼やんは婆さを慰撫するような語調で言った。そうかのう。わしの眼ン玉には赤う燃えあがっているごと見えんちのう。気色の悪か。兼やんは老眼のせいやと小さく言って苦笑した。こんな婆さとのやりとりがしばらくつづいて暮らしているうちに、ことりと婆さは息をひきとった。藁打ち石に腰をかけたまゝ、ムカイ山に礼拝するような恰好で死んでいたのである。

独り暮らしになってしまった兼やんは、あいかわらず馬を曳いては、どんだ曳きに精をだしておった。杉山がとんと不景気になってしまい、一山伐採というのが減少した。そこでポチポチと間伐がふえた。一本一本の杉の生育を順調にもするし経済的にも損率が少々という山地主の勘定であった。そこで兼やんらのどんだ曳き少数派が浮きあがってきた。世の中の移り変りには波があるものだ。もはや馬を曳く者は村に五指程度である。したがって兼やんらに仕事がこない日はなかった。

だがこの兼やんもすでに四十の齢を越えてしまっている。働きづくめの気性のつよい婆さもいなくなったし、このへんで嫁さ貰ったらどうやと声をかける者も多かった。そのたびに兼やんは、へえへっと頭をかいては小肥りの躰を圧縮させた。

独り身の兼やんは、ときたま県道筋のスナック風の〝マキちゃん〟で酒を飲み、カラオケを唄ってくるようにもなった。〝マキちゃん〟はマキという兼やんとは小学校時代の同級生の女性であった。マキちゃんは眼尻に皺こそふえたが鼻筋がつーんと、とおってエキゾチックなべっぴんなのだ。そのマキちゃんに、兼やんは、ほのかな思慕の情を秘めたが、誰も彼女を嫁にしないかとは言ってくれない。兼やんに独占されては困るという気配なのだ。マキちゃんは若い頃、恋の逃避行をやって大阪へでたロマンの女だったのが、なにやら離婚のやむなきに至り、娘っ子ひとりをつれ、村へ戻って、スナック・バアめいた店をひらいた。兼やんは〝大阪しぐれ〟をよく唄った。――ひとつやふたつじゃないの　ふるきずは　噂並木の堂島、堂島すずめ、こんなわたしでいいならあげる……マキちゃんは、兼やんがこれを唄うたびに、わたしへのあてつけネえと、眼を可愛らしくむきだした。

早春、日脚がしだいに伸びた。渓谷に猫柳がともり光ってきた。兼やんのどんだ曳きが、亡くなった婆さが気にしていたムカイ山の杉に廻ってきた。気になった。婆さの口ぐせの文句が頭の裏をかすめた。その朝、兼やんは婆さの位牌にナムアムダブと合掌をして家を馬とでた。馬も明朗に爽快ないななきをあげて闊歩して行った。ところがムカイ山の坂を登りかける途中から、馬が汗をだし、歯をむきだしては苦しみだした。ちょうど三本杉あたりの位置である。兼やんは、はい、どう、どうと手綱を曳くのだが、脚を踏みださない。兼やんはカッときて、杉の枝で馬の尻を叩きあげた。その拍子に飛びはねた馬もろともに兼やんは転倒、ずるずると滑り、降下した。山肌がむざんにもえぐれた。馬は横転のまま、荒々しく白い呼気を噴きあげている。単独業務で救助を求めるにも手だてがない。兼やんは這いつくばったまま、周辺を見廻すのみであった。そこで気がついたのが、えぐられた黒い土のなかに奇妙な壺が一個ころげている…。こりゃ、婆さが気をもんでおったのは、この物体だったか。兼やんはなにやら霊験を受けたかのようにむくっと立ちあがった。それからあの手この手で馬を起きあがらせた。そうして間伐材の曳きだしはやめ家に戻ることにした。それでも壺は大事にかかえ、びっこをひきひきみじめな為体《ていたらく》で帰っているところにマキちゃんと出会ってしまった。なによ、頭のキズ、血が噴いているじゃない。マキちゃんは心配してついてきた。兼やんはやっとこさ馬を小屋に入れてから、マキちゃんから手当を受けた。

それにしても兼やんが壺を曳きだしたとはねえ。マキちゃんが寺に電話をした。やがて坊さんが駈けつけた。読経をあげて貰った。ひととおりの供養を終って、壺の中味はなんだろうと蓋を坊さんがひらいた。なんと壺の底には、小さな羅漢さんの佛像が坐っておった。これはニュースになった。もしかすると重要文化財ではないかと、関係者の手によって調査されることになった。新聞に白い繃帯を巻いた兼やんのにこにこ笑った顔がでた。そのよこにマキちゃんも写っていて、夫婦にならざるを得なくなった。兼やんのどんだ曳きは大したもんになったと村は評判した。

しゃくなげのむら

トンネルを抜けて
山国の村である

この峡谷のあいまあいまに
小さな煙突をたてて
われら村民は呼吸する

それは川岸の石ころにもにた

謙虚ななりわいでもある
それは笹の葉のようなつつましい笑いと
岩にしたたる雫のような涙の日日でもある

だが　石ころできずいた狭い庭には
しゃくなげの花が
天の光をまってつぼんでいる

村を走ったマリリン・モンロー

その頃、鯛生の峠を越えて、月に一、二度幌つきの自動車が山峡の街道を通り、町のほうへ走りぬけていった。それは蟋蟀のような色あいにも見えたが、後尾にまるいハンコを押した恰好でタイヤをつけているのが、子どもの眼にはなにやら滑稽に思えた。その車が到来すると、「フォードがきたぞ」と、いちはやく見た者が歓声をあげ、ぼくらはいっせいに往還へ飛びだした。そうして手を小旗のようにふるのであったが、たいてい後尾のタイヤを見送るにとどまった。排気筒から吐きだされた薄青い煙にこもったガソリンの匂いに包まれながら、道路の真ン中で、フォード、フォードと両手をあげて踊りまくっていた。

幌つきの車を、フォードと教えてくれたのは、傘屋の万ちゃんであった。万ちゃんは高等科の二年生で、尋常科の小学生たちにとっては畏敬、かつ親愛なる兄ちゃんなのだ。そんな万ちゃんは何処からそんな舶来の知識を仕入れてくるのか。

万ちゃんは学団長であった。学団長というのは、一村洛中の子どもらの総大将で、学校でとりきめたお堂の清掃なんぞでは、竹箒を将軍の指揮刀のように手にし采配を振るった。掃除が終ると、お堂の石段に、手下どもを坐らせ、一曲うなるのであった。「旅笠道中」である。〝夜が冷たい、心が寒い、渡り鳥かよ、俺らの旅は、風のまにまに、吹きさらし……〃万ちゃんの唄いぶりは、ヨルガ、アーンと鼻にかけて小節をきかせるところに特徴があった。団子鼻をひくひく運動させながら変声のうなりに、ぼくらは拍手を忘れて、鼻頭に注目したものだ。拍手がないのでは万ちゃんの「心は寒い」のであろう。万ちゃんは背をかがめ上目使いに白く眼をむいた。そこでパチパチ手をたたくと、万ちゃんはお堂の境内にそびえる杉の梢のほうを見あげるように背中をそっくり返して「ハァハァハ…」と笑い満足の意を表した。

桃の花が咲く三月がきた。万ちゃんは高等科を卒業、長崎の海軍工廠とかに行くという話であった。優秀なる成績で採用されたと評判を聞いた。そこで学団長万ちゃんの指揮下による最後のお堂清掃日である。掃除がすむと、ぼくらはヨルガ、アーンとすっかり覚えこんだ調子で、鼻唄まじりに石段に腰をおろした。万ちゃんは先手をとられて苦笑したが、流行歌を停止させ、謹厳な語調で、「わがニッポン帝国もこれからおおごとじゃ。そりでおりゃ海軍のため軍艦つくりに行くとばい。あとは貴様らにたのむ」と演説をした。それから急に声を細め「あんネ、鯛生から下ってくるフォードの運転手と助手席の金髪のオナゴは、白系ロシアという話やが、スパイかもしれんちゅうこつたい。みんな用心しとかんといかん」と注意したのである。ぼくらはたがいに顔を見合わせ、万ちゃんから背筋に冷水を流しこまれたような白い表情になっていった。

それから何日かたって、ぼくは母が持たせた餞別袋を傘屋にとどけに行った。万ちゃんは、おっかあさんといっしょに柳行李に衣類をたたみこんでいた。袋をさしだすと、万ちゃんのうれしそうな顔に、涙がツーとこぼれだした。偉大なる人物であったはずの万ちゃんの涙に、ぼくは狼狽して傘屋を飛びだした。飛びだすと、庭さきに乾燥させてあった蛇目傘が陽炎のなかに酔払っているように見えた。

万ちゃんが海軍工廠に行ってしまってからも、峠を越えてフォードは来た。ぼくらの、往還へ飛びだす習性に変更はなかったが、万ちゃんの話を聞いてから、例のバンザイ踊りは中止して、運転席のふたりを凝視するようになった。フォードのほうもさしたる変更はなく、一陣の青臭い風をまきおこして走り去った。

こんなぐあいに月日とともにフォードを見送っていたのだが、ぼくには探偵に行くような千載一遇のチャンスが到来したのである。

話はおくれたが、ぼくの父は村の駐在所の巡査であった。どうしたいきさつか、ぼくの一家に、鯛生金山見物の招待がきた。勇躍、ぼくは紺色の服、半ズボン、白いソックス、めったに履かない革靴と、坊ちゃんらしい服装で、父はいつもの制服にサーベルだが、母はめったに着ないナフタリン臭い和服で、初夏の旅であった。お迎えは、かのフォードでぼくは小躍りした。ただ金髪の彼女の姿はなく、いつものチョビ髭の運転手ひとりだった。

フォードはエンジンをうならせ、蛇行の道をあえぐように登っていった。峠に近くなると、はるか遠くに青い山脈のうねりがひろがり、宙をぬけだしていくような気分に包まれた。峠を越えたところで、断崖のうえに青瓦の西洋風の建物が見えた。「あれが金山のクラブであります」と、チョビ髭の運転手がていねいに説明した。

クラブ前に到着、庭先にはヒマラヤ杉が三本ばかり整列していた。館のなかに入ると、応接の椅子がならび、断崖側のベランダから、九重の山脈が見えた。泰山木と教えられた樹木に厚手の白い花が咲いていた。

鳩時計が鳴って正午であった。かしこまって椅子にかけていると、大皿を掌にのせた女がコツコツ靴音をたてて寄ってきた。振りむくと、フォード助手席の金髪である。ぼくは彼女を注視した。すると金髪はめえといった表情で眉をひそめたが、すぐに笑顔になって、オムレツの皿をおいて、「いい子ねェ」と日本語でぼくの坊主頭を撫でたのである。

ここで、ぼくはこのクラブのコック長が運転手でもあり、中国人であること、奥さんが白系露人で、金髪さんは混血の娘といった間柄であることを、おぼろに理解した。

その後、大陸で戦争がおき、地図を赤い血でぬらすように大陸での戦線がひろがっていった。鯛生の金山も閉山になるといった噂が村に流れだした。フォードの往来が不定期になった。そうして、ぼくが最大に驚嘆したのは、フォードを金髪の彼女がまぎれもなく一人で運転してくだってきた姿を発見したときであった。学校帰りの仲間が呆然と見送っているなかで、ぼくひとりが歓呼の声をあげて手をふった。彼女の笑顔が白い花のように見えた。フォードはいつものように青臭い風をまいて消え去った。夢のように過ぎたあとのことだ。ぼくは仲間からこづかれ、村の消防ポンプ倉庫の扉に押しつけられ包囲された。キリストのように張り付けられ、胸倉を押しまくられたり蹴られたりした。どんと頭から牛のように突きこんでくる子もいた。「巡査さんげん子ちゅうていばるな」「おなごスパイに手をふって、なんや」「こいつ、すけべえじゃ!」嘲笑の声が黒煙のように、ぼくの体を包みこんだ。さらにみんなが唱和した。「こいつは、すけべえじゃ!」ぼくはキリストの張り付けの絵を思いだしながら耐えた。早く泣きだして降参の意を示せば包囲陣はとかれるとも考えたが、ぼくは剛情であった。大人の誰かが通りかかって、リンチの輪がとけた。ぼくはちぎれたランドセルの片方のひもを手に、肩をおとして、一人ぼっちになって戻っていった。このときばかりは、「父がどこかの町へ転勤してくれないか」と真剣に願った。万ちゃんの唄のように、心がひどく寒かった。

フォードを見たのも、そして金髪の彼女を見たのも、あれが最後であった。ぼくの小学校四年生のときの話である。

後年、博多の街で、万ちゃんとぱったり出会った。万ちゃんは長崎で原爆にあったが、生きのびて今では村会議員さんとのことであった。ビヤホールに入って、久闊を叙し、乾杯。昔話をしたら、金髪の彼女はマリリン・モンローみたいやったなと万ちゃんは笑った。

たらちね・ゆき記

（たらちね＝垂乳根・母・たらちねは黒髪ながらいかなればこの眉白き人となりけん）

早春の日に亡くなった祖母ゆきの四十九日の供養がおわった夜、孫娘は茶の間の火燵でアルバムを整理していた。桃の花はほころびかけたが、峡の村は冷えこみがひどい。孫娘は、おりおり手をあたためながら、在りし日の祖母の写真に見入っている。

アルバムは臙脂色の厚手の表紙である。写真を貼りつけては、祖母にまつわる自分の見聞をもとに、解説を書きしるしている。これをもって孫娘は「祖母ゆき・女の一生」を編纂しているかのような表情でいる。

開巻第一頁は、ゆきの夫とならんだ結婚写真である。孫娘はこの記念写真に、ピンク色のハート型の紙にこう書いている。

夏、北川内にて、妻ゆきは二十七歳、このときの着物を死ぬまで、大切に箪笥にしまっていました。昭和3年頃の写真です。

叔母たちが集って、形見わけをしたとき、孫娘は、はっと直感的に感じとったものらしい。

長男は、娘の解説をのぞいて、「おんなごころとは…ねえ。」と、母の心境を測りかねた。

父は薄給の田舎教師であった。戦中戦後の食難の時代、母は自分の衣裳を、だいぶん米に代えていた。それでも新婚衣裳だけはしまいこんでいたのか。娘のその指摘は、なにやら眩しかった。

骨

行年六歳　晩夏　疫痢で死んだ弟の骨を
きょうは四十年振りに掘りあげた

本家ともしだいに疎遠になるし
ふるさともだんだん過疎になるし
笹藪の村に　弟の骨だけを埋めておくのは
不憫という老母の思想である
いずれは西へ旅だつが一足さきに行っておくれ
香華の煙に包まれた寺へ
そんな老母の本願である

弟よ
ばさばさと笹の葉だけが騒ぐ村の墓地は
骨に化けても　やはり淋しかったかい……

霙降る夜
湿った土の底から四十年振りに浮きあがって
今夜はわが家の小さな仏壇に泊っている

長男はこんな一篇の詩を綴った十年前を思いだし、さらに八歳の頃へさかのぼって、弟が死んだ晩夏の日を思い浮べた。

——兄貴のほうはポッポ尻で、ひんそうやが、弟のほうが体格がよか。こいつのほうが美男子になりましょう。

客を相手に、子どもを比較検討している父のことばが八歳の長男の耳に冷水のようにしみこんできた。弟は、あんしゃん、ゲントウしようや、ダン吉のゲントウば見せて…とはしゃいでいた。うるせえ、俺はベンキョウせんといかんとばい。小学生になった長男であった。

その晩から弟は発熱した。二晩、もがいて虫の息になってしまった。そして第二学期が始まるという九月の一日に、息をひきとった。子どもごころに、あの晩、幻燈機をとりだして、冒険ダン吉を見せてやればよかったと後悔した。

父は、ぽつりと一言。あの晩のトウキビがくさっとったんばい。

母は、急に、嗚咽をあげた。

そして土間と居間を境にした大黒柱に、抱きついて泣きしゃぐった。火のような声をあげた。

そこへ急を聞いて駈けつけた母方の祖父が、土間に突立っていたが、母の肩に手をやって、

——まあまあ泣きんさんな。まだ子どもはなんぼでも産めるがな。

弟は、父の本家の笹藪の墓地に埋葬された。

それから母は、三年おきに、弟、弟、弟、妹と出産、五人の子どもの母親となった。

後年、母は、長男の嫁に、子どもが多いと難儀なもんや、そして小声で、二人か、三人ぐらいがええとこやろ。

肥後の農家へ、買い出しに、リックサックをかつぎ、長男をつれて、山越えした雨の日の苦労ばなしを持ちだすのであった。

茅切野の峠で、さつま芋をつめこんだリックサックをおろして、一休みした状景が、長男の脳裏にありありと浮かびあがってきた。

母は切株に腰をおろして、胸をはだけて、手拭いで、乳房のあたりをぬぐった。そのころの母の乳房は、白く豊満であった。中学二年生の長男の眼に、それはあざやかに焼きついている。

そんな母も、父を喪って、齢、八十を越えた。子どもたちもそれぞれに成長し、独立した。余計に産みすぎたと母にくやみ言をいわれていた末弟は、東京のある会社の重役となった。晩秋の日であった。博多まで出張できたと末弟が山峡の長男宅へ立ち寄った。茶の間で、長男と末弟とが、ひさかたぶりだと酒をくみかわし談笑していた。にぎやかな語らいを聴きつけたのか、床についていた老母が起きあがってきた。

――あら、お客さんね。今晩は――。ところでこちらの方、どなたでございましたろうか。

老母は、ていねいにお辞儀をしながら、紳士にうかがったのである。

末弟は苦笑しながら、カ・ズ・ヒ・コですたい。ああ、一彦さんね。見知らぬようになってしもうて。ロマンスグレーの髪になっとるもんで、判りまっせんでした。老母がはいからな言葉つきで応対するので、茶の間は爆笑となった。

山峡の冬は寒気が特別である。長男のすぐ下の弟は、福岡市の郊外に居をかまえている。それが春になるまで、しばらく老母を預かろうかと言ってきた。

晩秋、しぐれの日曜日。弟は車を運転して、老母を迎えにきた。老母は住みなれた山峡の家を離れるのは、なにか切ないような顔色を漂わせた。

――せっかく迎えにきてくれたからには、行かにゃ、なるまいのう。ふたつばかり泊ってくるけん。留守番はたのんどく…。

老母は、車の窓ごしに、見送る長男夫婦に、二本の指をたてて、それを左右にふった。

この寸景が、実質の惜別の日になった。

弟の家での暮らしが一ヵ月もたつか、たたないうちに病気にとりつかれてしまった。

入院して、意識はモウロウとなっていた。

点滴の針を打ちこまれ、打ちこまれ、師走は越した。

正月すぎから、意識を失ってしまった。心臓だけは、ピッ、ピッ　ピッ…　と、心電図のグラフを打ちつづけ、入院七十日目に、呼吸がとまった。

深夜、柩の中のひととなって、母は山峡の長男の家に戻ってきた。

老母が二本の指をたてて、ふたつ泊まってくると家をでた日が、長男の脳裏に浮かびあがって、涙腺がゆるんだ。

弔いの前夜、長男の家をずらりと花環がとりかこんだ。それはみな末弟の関係する会社からの供物であった。産みすぎたと母が愚痴をこぼした子どもが一番の親孝行者と近隣は取沙汰した。

大韓航空機がビルマ付近で消息をたった事件に関連して、機内爆破を企んだ可能性が強いという見方で、拘束された北朝鮮の女性工作員「蜂谷真由美」こと金賢姫の話題が去年の暮からしばらく取沙汰された。彼女のプロフィルがしばしば報道されたが、そのかたくなな胡桃を思わせる表情から、彼にはふっと村に一時期居住していた李さん一家、そして娘の順子のことが浮かんでくるのであった。

話はむろん彼が少年の日のことだ。その頃大陸での戦争が枯野に火を点じたかのように拡大していた。村では村落のあちこちに「祝出征何某君」といった幟がたち、若者を歓呼の声をあげて大陸の戦場へ送りだしていた。だがそれは月に一、二度のことで、日常、奥まった峡の村は、おだやかに時はよどみ流れていったようである。

当時、営林署勤務の父や小学生の彼を、朝送りだすと、母は座敷の縁側で日がな和裁の仕事に精をだしていた。近所から頼まれる着物のしたてが結構多かったのである。雨の日などは農家の娘たちが、嫁入り前に針仕事の一つは身につけてお嫁に行かせたい、行きたいといった願いから、母のもとに習いにくる者も少くなかった。村の小さな和裁塾でもあったのだ。こんな日に学校から帰ってくると、座敷のほうから熟れきった果実の甘酸っぱい匂いのような空気が漂ってきて、少年の鼻腔をむずがゆくさせた。

それは八十八夜も過ぎた頃ではなかったか。山峡の肌色が迅速に濃緑にいろどられ、忙しい茶摘みの時期に入り、母のもとに裁縫を習いにくる若い女はいなかった。母一人、だだっぴろい座敷の中に坐って針仕事の模様であった。ところがその日、彼が学校から戻ってくると、縁側に黒っぽい服を着た中年の男が黒っぽい風呂敷でつつんだ木箱のようなものを側において坐っていた。男は長いキセルを手に持ち、なにやらポチポチと語らっていた。彼はすぐに縫い針や糸の類いを売りにくる小間物の行商と判断したが、風体挙動のちがいにある種の違和感がかすめてきた。ランドセルを背負ったまま、たたきに突立った彼に男は眼を流し、「ポッちゃん、お帰りかな」と半濁音の語調である。朝鮮のひとか。彼は言い難い黄色味を帯びたような畏怖に包まれた。母は嫁ぐまえに、京城の朝鮮人参を主とする製薬会社に勤める伯父のもとへ、関釜連絡船に乗って玄界灘を渡った話をしていたことがある。そんな体験の持ち合せで、母は行商の男と親しみのある会話が成り立っていたのかも知れない。男はキセルから青い煙の輪を噴きあげたあと、「アイゴ、アリラン、アリランと竹原のとうけを越えていきまっしょう」と、彼に一瞥の笑顔を見せ、黒い風呂敷を首にかけて腰をあげた。その後姿に朝鮮という国からこんな山国までも渡り鳥のように廻ってくるさだめのような、この世の不安を少年ながら胸に感知させられるのであった。

その男は月に一度は村へ足を入れるようであった。寒気がはりついたような晩秋の頃あいではなかったか。から笠松と呼ぶ往還の路傍の石に、黒い包を背負ったまま、思案気に腰をおろしている男を見かけたことがある。「アイゴ、ポッちゃん、おかえりか」通りかかった彼を見あげて声をかけてきた。彼はまたしてもあの畏怖にすくいとられるような気がして返事もしないまま駈け過ぎた。「不愛想な、冷たい子」といった軽侮の視線を背中に痛く刺されながら……。

山櫻が咲いて春がきた。国民学校三年生となる。転校生がきた。女の子という話であったが、教室に付き添ってきた男を見て、彼は内心驚愕した。あの小間物売りである。担任の先生が紹介した。「こんど新しくみなさんの友だちになる李順子さんです。李さんのふるさとは朝鮮ですが、朝鮮の人もりっぱな日本人です。仲よくするのです」じゅん子ちゃんは無表情のまま、ぺこりとお辞儀をした。「李さんの家は、ションベン瀧です」「わあッションベン瀧か」一瞬、教室に哄笑のつむじ風が巻きあがった。転校してきたばかりの彼女は哄笑の意味が皆目不明の顔で、ぱっちりとした黒い目玉に、まつげをパチパチそよがせていた。付添いの親は不機嫌にひたいをくもらせた。ションベン瀧という所は、学校から一番遠い、それは狸や狐がもっとも出没するというへんぴな山奥であった。

春の日はしだいに永くなる。「じゅん子の家を偵察に行こうか」好奇に満ちた悪童連の一人、村長の息子が提案した。「いこう」「いこう」彼も背中をこづかれて賛同した。じゅん子ちゃんはとまどった顔を見せながらも拒絶はしなかった。連中は彼女を先だたせ、三々五々、路傍の黄色いタンポポの花をつまんでは綿毛を飛ばしたりしながら遠い道のりを歩き続けた。「まだか、まだか、ションベン瀧はまだか」「遠いのう」「ほんに遠うか」提案した村長の息子を呪うような悲痛な声をあげる子もいた。

ションベン瀧がようやく見えた。渓谷の対岸に一条の尿を排泄しているかのような微量の瀧である。瀧の片側には、紫色の藤の花がたれさがっていた。李順子の家は、瀧を真向いにした断崖のうえ、泥壁の納屋のようであった。探険隊の一行がもっとも眼を見はったのは、家のはしにくっついているむしろがけの簡便なトイレである。「へえ、こりゃ、じゅん子ちゃんのチンチンまる見えじゃ…」村長の息子が奇声をあげた。彼女の家には誰もいなかった。それからじゅん子ちゃんは、家の中に入ったかと思うと、茶色っぽい紙袋を胸に抱いてきたが、その袋から、クロボウの菓子をとりだし、悪童連にだまって配給した。悪童連は頭をかきかき恐縮しながらも遠慮はなく汚れた手をさしだした。悪童連はそれから彼女に「さいなら」と、クロボウをかじりながら手をふって、遠い道のりを戻ってきた。

この悪童連のションベン瀧探険行は、たちまち学校内から近隣までも評判になった。「李さんちの女の子、半島の人だけんど、ベッピンさんやけなあ。小さな男の子もすみにおけんばい」こんな声を耳にした彼は顔が赤くなるような気がした。

それから、男の子たちは、じゅん子ちゃんを意識しながらも黙殺、素知らぬ振るまいをとおすようであった。教室では、じゅん子ちゃんは算術がよくできた。いつも一番に、ノートを持っていって、マルを貰っていた。

大陸での戦争はとどまるところを知らず、太平洋のまんなかまで拡がって日本軍の旗色は悪くなっていった。ついに降伏した。じゅん子ちゃんの故国は、日本には未練なく独立というラジオのニュースも流れた。山峡の空は高く澄みきって初秋の風が吹いてきたが、村までもアメリカ軍のジープが乗りこみ、国民学校は勉強どころではなかった。

それからまもなく李さん一家は故国北朝鮮のほうへ帰っていくことになった。こんどは母親も来て、親子三人揃って教室に別れにきた。このときの驚嘆は、母親とじゅん子ちゃんがスカートやモンペではなく、純白のチマをつけてきた姿であった。じゅん子ちゃんが玄界灘を渡っていく白い蝶のように見えた。

時は流れて四十幾年である。週刊誌の「金賢姫」の表情は、李順子にそっくりの顔だちである。彼はあの少年の日に貰ったクロボウにある呵責の念を痛く覚えながらもなつかしく回想する。じゅん子ちゃんのあの髪にも白いものがまじる齢であろうが、記憶のなかでは可憐な少女の顔でうつむいている。

天狗水

村役場の勤務も永年にわたり、今では古参株という参事の悠吉つぁんが、こんな村の古地図をよろこぶのは、かぎんちょ先生ぐらいのものであろうと、「旧村字図」一枚、持参に及んだ。

悠吉つぁんは、村では一、二の酒豪である。それを熟知の先生は、細君にさっそく酒肴の用意をさせ、この「旧村字図」なるものは、まことに珍重な文献、ありがたく頂戴つかまつる、お礼というほどではないが一献差しあげましょうと座敷に招致した。

かくて「旧村字図」を応接台に拡げながら先生は、悠吉つぁんと盃をかわすのであった。ふーむ。なるほど、ねえ、わが山峡の村にも世にも奇天烈なる地名、小字があるもんですな。ゴマジリ。馬ユルシ。ウソノ迫。小豆コボシ。イボ岩。キジ岩。ワロウ藪。竜五坂。天狗水。八知山。鹿ノ塚。読みあげていけば数限りなく、それぞれに小字名の由来を説き明かせば、昔話がでてきそうな按配である。

ところで悠吉つぁん、あんた、このなかで何か面白い小字名の由来というか、伝説というか、ご存知ないか。先生は酒気に顔面を赧らめながら慎重な声色で問うのであった。かたやロイド眼鏡の奥の眼玉をぎょろりと蒼く浮きたたせてきた悠吉つぁんは、左様ですなと、盃を台にぱちんと置き、しばらくは思案の態であったが、この天狗水の話はどうかと、掌をひらいて先生の前に差しだした。

かの民俗学の泰斗、柳田国男翁はつぎのような講釈をなされた一文がある。

——地名の方面から見た山地の生活には、今まで人の注意せぬ多くの問題がある。単に地貌を言表した語では無く、同時に人の生活と大いなる関係があるために、特にこれに名をつける必要が生じた。地方によっては、洞、ほらとも言い、また何久保とも言うが、大体皆民居に適する小さな入野のことで、従って今は多くは民居と成っている…。之と類似の地形にまたサコ、セコと言う名があって、九州ではよく「迫」の字が宛ててある。

「旧村字図」を仔細に鳥瞰していると、「ウソノ迫」をはじめ、堀迫、花迫、鶴の迫とまたいくつも拾いあげることができる。柳田翁の証言には感服させられる。しかしながら悠吉つぁんが物語ろうとする「天狗水《てんぐみず》」とは僻村にしては子どもむきの民話の表題めいて、これはまた珍妙な小字名ではないか。

おそらく「天狗水」の地名由来は、この地に棲んだ人間の所行を語らったものであろうが、諧謔的に、つまり鳥羽僧正描くところの『鳥獣戯画』ふうに伝承させたものにちがいない。悠吉つぁんも、先生のご賢察どおりでござっしゃろ、拙者も同感と盃を威勢よくあげた。

山間の民は、一見、朴訥実直ではあるが、身近な人間の幸、不幸については異常に敏感である。

腹の底にはどうやら嫉視の蝮を一匹飼っているかのようである。前触れもなく倉でも建築して、ふところ手で悦に入っていると、昔のとうに一件落着のはずであった問題など持ちだされて狼狽、悲鳴をあげて倉をつぶしたといった事例もある。泥鰌の尻尾に、蛇が喰らいつくような按配でもある。「天狗水」の話の発端、素材もそのような感じがしないでもない。

ところで「旧村字図」に眼をおとすと、「天狗水」は筑肥山塊の支脈といった地点の谷あいの小字で、当節ほとんど耳にしなかった地名である。さて、悠吉つぁんの講談である。

この地には、霊験あらたかな湧水がある。それをはさんで、赤河童と白河童の一族がひそんでおった。立春のころになると、山稜に冬眠の河童族が谷間の水辺に下向する。赤、白、いずれの一族が早く降りてくるのか。その年の春には、白河童の群が早く、さっそく一族は湧水にひたって、霊験あらたかな清祥を祈願して、頭蓋の皿の水をとりかえ、快活なさけび声をあげたのである。それはキリストならぬ河童教の聖水授与めく行事ではあるまいか。るんぱち、くっくと歓喜の唄声であった。そのどよめきに眼覚めた赤河童は、おくれをとったと地団駄をふんだ。一刻遅れをとった赤の一族は、専横な奴め、不法浸水と呪詛の言葉を吐きつける…。とわっぱち、とわっぱち…。

赤河童の頭領は、まずは不法浸水、境界を越えた白河童の行為を懲罰に及ぶべき機会をねらっていた。

花が咲き春が過ぎ、入梅、霖雨の季節がきた。この期になると、夕暮どきに湧水の小魚がしきりに腹を返して遊弋する。こうしたときに白河童の頭領が、やおら小魚群を探知しようと出現した。それをうかがっていた赤河童、湧水の背後に、とっこつと屹立した一塊の小岩を烈しく蹴りたてた。白をめがけ憎悪のかぎりをつくして、小岩を落下させた。岩石は不気味なうなりをあげて、たちまち白河童の下半身を襲撃した。あいたたっ、これは災難…と眼をむいた拍子に、またもや一陣の嵐、どかんと轟音！　わが身のかたわらに砂礫とともに憎き赤河童の頭領が白い太鼓腹をむきだしにあえいでいる…。事態はただちに了解された。他人の不意を狙った天罰。赤河童はあやまって我が身をすべらせたのだ。腰骨を打っていた。いずれも身動きができない。動けないままに二頭は、憎悪の眼をむいて睨みあった。「なんたる卑劣な振舞いじゃ」と痛苦をおして、白は罵言を発した。それに応酬すべく赤は咽喉をふるわせ、とわっぱち、くっ…。

白は両肢を小岩によって押しつけられている。それでいて、「自分がしかけた罠にかかるとはおかしなワッパ…」と嘲笑をかさねた。数刻の沈黙。ようやく呼吸をととのえた赤は「おまえはもはやお陀仏さまじゃ。もはや金輪際、再起は不能である…」といったぐあいに両巨頭は、互いに相似の呪詛を投げかわしあうのであった。

河童はさして語いは豊饒とはいえず、罵言の矢玉が尽きた按配。二頭は、うなり声ともつかぬ嘆息を、水泡のように噴きあげて、論陣は休止の状態となった。

こうしているうちに日の永い季節とはいえ、山間の空に浮かぶ白雲もしだいに憂色、かげりの色に染まってきた。二頭ともども、帰還の遅いことを憂慮して、一族が探索、救助にでてくることを期待しはじめたのである。

「なあ、赤さんや、俺の一族のほうがさきに救助にきたら、おまえさんはさぞくやしいことだろうなあ」「いや、そうとは言えまい、おまえさんこそ、おくれをとったら、さぞ落胆であろうな」

枕をならべて共倒れの二頭には、ふかぶかと空の果てから落ちかかる闇の色に憂慮もきた。

「なあ、思案すれば、この狭い山間の天地で、神の恵みのはずの湧水を、おのれの所有なんぞといがみあうのは、河童族として英知に欠けるとは思わぬか」「うーん。なんでつまらぬ争闘をくりかえしてきたのであろうか。そういえば愚劣なきわみ…」時間が生物に慰撫の情をもたらすものか。ようやく二頭に和解のきざしが、小さな灯のように見えだしたころ、ばさりときたのは天狗さま。天狗の水浴の時間。天狗は、湧水のなかの異物とばかり、二頭を向い山にほうりあげてしまったのである。よって「天狗水」と称し、水争いの訓戒としたのか。

馬許しの屋敷

おみねサンが住んでいた屋敷は、根引峠の北がわの麓にあたる。ちょうど着物の裾をひいたような、なだらかな傾斜の土地であった。天気のよい日には、屋敷から遙かな筑後一帯の山脈が遠望できた。そんなところであったから、肥後から筑後へ、また反対に筑後から肥後へ、脚を運ぶ者たちが一服ひとやすみする腰かけ茶屋となった。この峠には山仕事の関係で、馬を曳く男の往来が多く、〝馬許しの屋敷〟とも人は称した。

それには、おみねサンの旦那が大の馬好きということにも依った。名前は勝五郎どんといったが風貌怪異、えんまこおろぎによく似た。もともと根引峠近郷の木樵であったが、馬喰のような商いもしたり、ときには、もぐさを焼いて馬の灸すえもした。人家からはずれた峠くだりの一軒屋敷であったから、往来の者にとっては、まことに重宝な憩いの茶屋ということになっていた。

旦那はいまにも嚙みつきそうな顔のえんまの勝五郎どんだが、おみねサンは、あの青い六角の苞のふくろからとりだした酸漿《ほほづき》のまるい実を想わせる顔だちで、それも色白の肌色であった。これには立寄った者、一様に夫婦の不釣合いに頸をかしげた。なかには、日暮れの山入りおみねサンと陰口を言う者さえいた。つまり並の人では到底できないことを暗に言ったものである。そんな気持ちの底には男の羨望嫉視も働いているのではなかろうか。立寄って一眼見たらおみねサンのまるっこい顔だちを、酸漿のようにギューッと鳴らしてみたいような蠱惑が匂うようなおんなであった。

だが旦那のえんまは、俺の女房にしては過ぎたものとは毛頭思慮にはなく、おい、おい、どれどれと馬に変らぬ声のかけようで、無愛想というよりほかになかった。それでもおみねサンは冷涼な目もとから笑みをこぼしていた。

こうして歳月輪廻の幾春秋。屋敷に馬曳きの男が立ち寄れば、うむ、あんたの馬は逸品じゃ、この毛並みの艶はなんともいえんと、えんまの顔をなだれのようにくずして賞讃するかと見れば、ある者には、こりゃ、こりゃおどろいた、なんたる駑馬じゃ。あんたは馬の手入れを心得とらぬ。めんこく手をかけにゃ、馬の肌も荒れ放題や。わしン女房、見て見なされや、肌がええやろが…。馬も人間もおんなじや。灸でもすえてやろうか。一晩でころりと変るがのうと嘲笑った。こんな調子であったから、毀誉褒貶の振幅は甚だしく馬曳きの連中は、大いに笑ったり、苦虫を嚙んだりしながら、どぶろく焼酎に顔を染め、千鳥の足どりで峠をくだっていくのであった。馬だけは、えんまの勝五郎どんにどう見たてられようが馬耳東風、ひひーんと峠から流れる季節の風にいないて闊歩である。〝馬許しの屋敷〟とはよく言った。

ところが輪廻の歳月のなかにも、一本の棒のような時代は存在した。明治に入って十年であった。西郷さんというえらい人が鹿児島の国へ戻って、なにやら旗あげをなさるといった話を伝える者が、屋敷に立寄ったのである。なあ、えんまの勝五郎どんや、馬の目ン玉や馬の肌がどうの、こうのと評定しとるようなご時勢じゃ、ねえんだぞ。へえ、そうかね。それで俺にどうしろというかね。まあ、よーくご時勢を見きわめちのう、西郷さんの薩軍に味方申すか、それとも官軍のほうに味方しておったがええか、思案のときというもんじゃ。破れ木綿の服に、編み笠をかぶった奇妙な旅浪人めいた男の説法に、勝五郎どんはポカーンと口をあけて傾聴したのである。そばでおみねサンは、いつもの涼しげな眼もとをくもらせた。それは根引の峠にまだ雪が残っている二月の中ほどのころであった。

それから、しばらくの間は、世情の推移には音沙汰なかった。根引の峠に凍てついた残雪のようなぐあいであったのだ。えんまの勝五郎どんも、庭さきで薪を割ったり、小屋に飼っている馬のえさをしたてたりして、のんびりと暮らしていた。峠を往来する者もいなかったし、例の馬の評定も一服ひとやすみという二月で、女房のおみねサンとも睦まじく夕餉には、どぶろくを飲んで、〝いっちょ春がくればのい、うぐいす根引でホ、ホケキョー〟即興に咽喉をしぼってみたりした。

そんな暮らしのある夜のことである。どんどんと表の戸を叩く音がした。風にしては、手荒い音である。旦那はどぶろくが廻って、炉端に手枕をして横にエビのようになっていた。なんじゃいのう。ひどい音じゃ。この刻に峠を往来する者がいるはずはない。キツネか、タヌキの化け者かもしれんぞい…。なんて、まあと、おみねサンは旦那をたしなめる手つきを見せながら炉端から腰をあげて、土間へおりた。表戸を少々ひらいてみた。いつか立寄った編み笠の男であった。ごめん、一夜の宿をおたのみ申す、しわがれた声に、おみねサンはとまどった。炉端のほうを振り返って、旦那に問うた。馬許しとよんだ屋敷じゃねえか。人もついでに許してやれやと、どぶろくのかげんか、えんまの勝五郎どんは寛容なふところを見せた。ああ、おかげさんで助かったと、編み笠は合掌しながら炉端に膝をついた。おい、おい、編み笠ぐらい取ったらどうだ。のっぺら坊の幽霊じゃあるまいに、へえ、笠をとった男は、声色に似合わぬやさしげな若者であった。いったい、いまの刻になにごとじゃ。えんまの問いに、編み笠の語りは肥後の国田原坂における薩軍のいくさぶりがくりひろげられてきた。エンピール銃がひゅるぴゅる飛びこうて、ラッパまで、パッカパッカ吹かれて、突貫、突貫と、そりゃ激戦でごわした。

いったい、ぜんたい、どっちの軍が勝ちよるのか。それはもちろん薩軍の西郷さんにきまっていますわ。そうか西郷さんのほうが勝ちよるか。旦那、根引を越えりゃ肥後の国、とっとと馬でかければ、すぐに山鹿、田原坂はそれから数里。男なら、いっぺん突貫突貫のいくさを見て見なさらんか、のう。おそらくこれが最後の西郷さんのいくさちゅうもんじゃ、なかろうか。そうか、えんまは、編み笠にどぶろくの盃を差しだしながら深く頷いたのである。

火に油をそそぐというのはこのことか。翌朝、えんまの勝五郎どんは、小屋から愛馬を曳きだし、いくらか銹ついたなげしの槍をもって、りりしく屋敷をたって根引の峠を南へくだっていった。おみねサンと編み笠のふたりが手を振った。編み笠はくすっと笑ったようであった。だがおみねサンは、ちょいと見物したら、はようお戻りよと声をしぼった。

うぐいすが裏藪に鳴きはじめて、薩軍ふるわず敗退の報を語る者が屋敷に寄った。それから秋になって、ついに西郷さんは腹を切ったというかなしい終末の話がきた。いくさはどうやらケリがついた模様であるが、旦那のえんまは行方が知れなかった。あの夜以来、居候のように坐りこんだ編み笠は、編み笠をほうりすて、旦那がわりに薪を割ったり、なにやかやと留守のおみねサンを手助けて日をおくっていたのである。旦那が帰らなきゃ、おみねサンがひとりじゃ不用心、無情に旅にでるわけにもまいらんでのう…と毎晩つぶやいておった。

かくて西南のいくさの年も過ぎようという師走の月にもなった。ねえ、旦那はひょいとすると、もう帰らぬかもしれん。いっそのこと、わしが旦那の身代りになってあげようか。おみねサンだってさびしいんとちがうか。男は、おみねサンの口唇に顔を寄せてきた。おみねサンの眼が稲妻のように光った。男の頬をひとつ張った。すくっとたちあがっておみねサンは寒月がはりつめている庭さきに飛びだした。ねえ、おみねサン…。あとを追って男もそとへでた。おみねサンの姿は消えていた。寒月のほうにむかって飛んでゆく雁のような鳥が一羽小さく見えた。

薬師楼恋物語

そのころ、二十代の青春期に在るころの話だが、彼は「冬虫夏草」という玄妙なる植物を探索していたのである。いや植物とは言ったものの、それは晩夏の季節までのことであって、山間に冷気をおびた風が漂いはじめるころになれば、草は地面の虫に変身するというのだから、まことに不思議な生物である。その昆虫の正体は、カメムシであろうという説であった。冬季に入ると、枯れた萱の根株に棲息するというのだが、春さきになれば、啓蟄の候に、穴をでる虫とは反対に、虫は亡骸と化す。そうしてボロボロに虫は腐蝕するのだが、外部の骨格がすこぶる頑丈で、虫の原型をとどめ、その亡骸からヒョロヒョロと一本、糸状の茎がのび、先端は赤くイボのような部分から発光している…。一種の菌類とも言えようが、地方では昔からこの生物を乾燥し、煎じて服用すれば、幼児の癇の虫に効能があると伝承されているのだ。

真実、珍妙なるこの生物に、彼が好奇の想念をつのらせるようになった経緯は、如何なる次第であったのか。

そのころ、ラジオのドラマ台本をとぼとぼ執筆し、しがない脚本家のはしくれであった彼は、福岡中洲の橋上で、ばったりと今や大学農学部植物学専攻の秀才的な友人と出会ったのである。

久闊。屋台ののれんをわけて、学徒動員から、空襲体験などの中学生時代を回想して盃を重ねているうちに、現況の消息という段に来て、彼は、目下、恋びとの痼性というものに閉口していると、つい愚痴のひとつをこぼしたところ、利発聡明なる学徒は、

君の故郷は、あの筑後の国、僻遠なる山峡、南朝落武者の里ではなかったか…。

左様にござる…。

しからば、あの山峡山間には、ススキ、萱の原っぱは所在するか…と続けて問うのである。ある、ある、昔は萱ぶきの家ばっかりの村で…。萱は山間の村にとって、重要なる資源であったからのう。

しからば、その萱の草むらに棲息しているはずの「冬虫夏草」が妙薬なんじゃ。

そのくらいのことは知っている。だがそいつは幼い子供の癇の虫の薬と言うではないか。俺の恋びとは子供じゃない。

いやいや、かの牧野富太郎先生が立派に証言なさっている。このごろでは難病のガンの免疫療法にも効能があるのではないかと研究している学者もいるくらいだと、学究の徒は拳をドンと自らの掌に叩いての力説であった。

そうか、左様か、彼は神妙に首肯に及び、しからば、晩夏、休暇を得、帰郷しての探索を、ついに宣言したのであった。

小学生時代、少年の日を、山峡の村で過した彼には、おぼろげながら萱の草原といえば、妙事岳の南山麓という記憶があった。故郷と言っても、もはや家はなく、両親もすでになく天涯孤独…。そこで村の昔ながらの旅籠屋「玉の糸」とよぶ宿屋に宿泊。しばらくの滞在をきめこんだ彼はリックサックを背負い、握り飯持参で、マムシよけのステッキを手に今なお萱の原一面という妙事山麓にむかったのである。街では残暑の陽に焼かれるような肌であったのが、この地では秋めいた風がすでに吹き渡り、さすがに標高六百の山中に在ると身にしみた。

萱の穂もはらりと解けて、妙事の山頂からの風にざわざわ音をたてている原っぱを、伏兵の如く単独、探索の歩を進めていたところ、風の音とはちがった荒々しい萱の林のざわめきがきた。すわ！　話に聞いたイノシシ群の出没、襲来かと、彼は足をすくませた。すると前方の萱原の中から長柄の草刈り鎌が大上段に伸びあがった。人間だ。そいつで頸をかけられてはお陀仏である。丈高い草むらから伸びた長鎌のはがねが晩夏の陽に白くキラリと反射した。こうした瞬間、人間は妙に世の無常を感じて肚をすえる。相手の動向を直視していて、やがて出現したのは、藁の編み笠をかぶった男と判明、先方もかざした長鎌を安堵の所作で杖にし、笑っているのか、怒っているのか、判別しがたい表情で、つぎのように発声した。

――ヤックシロガナア、ヤツラワ、ヌタバニシオッテ、魂消タナア…。

冷涼な草原とはいえ、萱刈りの労働であってみれば、汗もでようもの。男は編み笠をとって、色褪せた手ぬぐいで顔面をひとふき、頭髪はゴマ塩。ここらあたりの古老と見えた。ところでこの古老、対面したばかりの彼に対し何ひとつ猜疑の眼を放つでもなく、マア、ヤックシロニワ気ツケナサレヤと、親愛なる表情で言葉をやわらげた。

一体にここら山間の住民は、物事を直截には口述せずに暗喩の説法をなす傾向にあることは、少年の日の生活体験から覚えがある。下手に問いつめていると、嘲笑か、蔑視の浮き身にあう。だがここでは彼は問いつめなければ納まりがつかない気分であった。やっくしろって、厄四郎、薬四郎、役四郎、はては躍四郎と、四郎のうえにいくつかの漢字を脳裏に浮べながら、さらには、このような若者がイノシシのヌタ場である女性と抱擁中を盗見に及んだと解釈した。

古老は彼が描いたロマンチックな一駒を、蔑視ではなく苦笑裡に否定。ヤックシロとはのう、そりゃ昔、薬師の如来さんをまつっていた。薬師さんといえば、患いをなおしてくださる有難いホトケさん。昔は小さなお堂があったんが、いつぞやの台風で吹きとんでのう。今じゃ石に刻んだ如来さんが丸裸でたってござる。お堂を建てなきゃといいながら、村は貧乏でのう。ほったらかしじゃ。

彼は三文脚本家の推理を恥じた。要するに薬師楼が存在する地点を、イノシシがヌタ場にして、近在の萱原を蹂躙して困るといった状況にあることがようやく認識されたのである。

それにしても何故に、ここに薬師如来の楼が建立されていたのか。さらに彼は古老へ問うたのである。

これはまた昔の話、何処からともなく野侍がこの山地に逃げこみ、ここら一帯をわが領地ときめこみ、狭小ながら耕地をもって気楽に住みこんだが、その後、あと追ってきたおんなといっしょに仲睦まじく暮らしおった。ところがその女、気高く色白く振舞いもみやびで、京あたりの育ちとうかがえた。慣れぬ土地のせいか、その女、病いにふせ、幾年かの歳月の間に、はかなく朝露のごとく消え果てた。かの女が病中の折に、野侍、平癒を祈願し、薬師如来をまつった。

話を聞いた彼は、遠い奈良の都からの伝承が、かかる辺地にも薬師如来信仰となって到来した故事が存在することに感嘆を覚えながら、また目下の課題である「冬虫夏草」探索中であると、ついでながらに陳述した。すると古老は承知合点とばかり、その薬師楼の跡地をていねいに観察すれば、畳一枚ぐらいの広さの萱の根もとに、赤い糸のような茎がにょこにょこと生えている、さきのほうが線香に火がついているように、ピカッと発光しとるけんな。それをひっこぬくとピシッと音がする。虫のほうが嫌がるとやろうなあ。

こうして彼が山間の薬師楼と呼ばれた浄瑠璃の世界を知り、さらには「冬虫夏草」という玄妙なる植物を採集に没頭した晩夏の日、彼のあとを尋ねてきた恋びとと、たわむれに萱原をふしどに抱擁し果てたあの青春の日を、今は懐旧的に追憶する…。

癇の虫に効果は覿面。

恋びとの患いはおさまり、するどく黒く妖しく光った瞳といっしょに瘴気は消えた。彼よりも年上のおんなだった。

琵琶ン瀬の宿

分水嶺の茅切峠から奔ってくる渓流が、矢部川の本流にそそぎこむ場所は、青くよどんで淵をなしている。その川面はあたかも東洋風の弦楽器、琵琶のかたちそっくりである。そこで淵をかこむ一帯を、琵琶ン瀬、びわんせと、呼んできたようである。村落の戸数は少なく川べりの崖にわびしげに庇をならべてきた。なかに一軒、萱ぶきの小さな旅籠屋があって「琵琶ン瀬の宿」と言われている。たぶん江戸の世のころ、旅の商人やら、旅の僧、旅芸人らの衆が、豊後の国の方面へ往来の途中、疲れた足を泊めたのではないかと想像される。

しかし江戸のころより、さかのぼった昔に語り伝えられた「琵琶ン瀬の宿」の妙な話をこのごろ一つ耳にした。

山伏貫園と名乗る男、豊後日田から津江の国々を廻り、いくつもの谷をわたり、峠をこえての一人旅であったが、晩秋この日、ようやく釈迦の峠にたって石佛を詣でた。おりから快晴、山脈の樹林、ことごとく黄に紅に葉を染め燃えたつような景色。貫園は石佛に背をむけ、はるか筑後の国のひろがりに手をかざし、うっとりと眺めいった。それからやおら、背負った法螺貝を手にとって吹いてみた。

法螺の音は、ぶお、わーんと悠然、煙のごとく黄葉、紅葉おりなす樹林の肌を撫でおりてゆく。貫園の胸倉に爽快さが帰ってきた。しばらく法螺の悦楽にひたっていたが、秋の陽は西の彼方へ落下のかげんである。さてと貫園、法螺貝をつと背にふりあげて、ぶおとばかり熊笹の繁みをガサゴソ狸のようにもぐって峠を下った。

だんだんと下る細道は杉木立のなかで、すでに根もとには闇の色。だが山伏貫園の眼の玉には、釈迦の峠から見た紅葉の燃えたつ山肌が眼にしみていたのであるから、気分はこうこうと燃えて、旅の足どりは快調であった。

とんとんと下っていけば谷音がまぢかにしのび寄ったり、遠のいたり、さすが山間、肌に夜風がしみてくる。燃えた眼玉も、なにやら湿気をおびてきた。

晩秋、日は暮れた。今夜の宿は何処にか。あてはまるきり無しの旅である。それが修験の道とは心得たものの、灯に、人の気恋しい気もつのって、足をいそがせる…。

幾里ほど歩いたものか。闇のなか。ままよと足をとめ、ばさばさの穂芒の草むらに小便をだす。

身ぶるいひとつ、放ちながら、彼方に眼をやると、川瀬の崖っ縁に、淡い灯が一つ、夜霧めく闇にポッと浮いているではないか。狐火ではなかろうなあ。

「ごめん、一夜の宿を貸しておくれんかのう」山伏貫園は、不作法にならぬ程度に、戸を叩いた。雨ざらし日ざらしの古ぼけの戸と見えて、かなりの間をおいてゴトリと鈍い音がきしって戸がひらく…。その隙間に、ほのかににおいたつような女の顔。奥の炉端にとろとろと火が燃えて、あたたかな空気といっしょに、冷えきった貫園の頬にきた。ひとり身の女か、嫁か、年の頃あいは中年とうかがえる。「どうか一夜を…」と貫園は合掌した。「まあ、まあ、この夜ふけに。なにとて馳走もありませぬが…」と、女は胸もとをおさえながら、招じ入れた。

炉端の自在鉤につるされた黒い鍋。「冷えなさりましたろうな」とやさしい言葉に、貫園はひとり身の女あるじと見てとった。炉に女は腰をかがめて薪をたす。青い煙がくすぼって、貫園、思わず息をのんで、ゴホンと咳がでた。「まあ、これはいけません」と女は貫園の背に廻って、背を撫でる。女人は法度、修験者の身、一瞬、背筋を緊張させたが貫園、自然と手が動いて、女の手首をとった。黒い髪が貫園の頸すじに触れた。「いやいや、なんでもござらぬ」と貫園のほうから躰を移した。むきあってみつめた女の瞳から光った一粒。露の玉が頬にころんだが、女は笑った。

「女のひとりぐらし、残りの飯はすこしで」と孟宗の竹筒には粟粥があった。貫園はおしいただいてすすった。一味、一味が胃の腑にしみた。

なんといっても秋はふけ、冬にまぢかな夜半である。山伏貫園と女はいくときも語りたげな顔にも言葉はなく、炉端にむきあっていたが、「豊後からの旅とは、さぞさぞお疲れでございましょう。おやすみなされや」と女は炉辺に枕をさしだし、軽やかな絹の蒲団とも思える一枚を貫園の身にかけた。「そなたは何処へ休まるる」「わたしはとなりの間に…」と、物音一つたてずに姿を消していった。

いく刻、寝息をあげたものか。山伏貫園の耳もとに、なにやらささやく女の声に、眼がさめた。炉の火は、早やおとろえ、灰のなかにわずかの火種。むっくり背をおこして、あたりに手を廻したが、夜の闇。なにひとつ人の気配はなく、夢か。貫園は拳をつくって、自分の頭をひとつ、肩をふたつ叩いて、寝そべった。黙っていると、屋根のうえを一塊の風がとおりすぎていくような気配であった。

おや、法螺貝が鳴っている。ぶわんぶわん、それから消えかけたはずの炉の火がパチパチと音をたてて燃えさかっている。貫園はむくっと起きあがって眼をこすった。炉端には、山伏風情の男三人、煮えたぎる粟粥を喰っている。この輩徒、何処の国から廻ってきたものぞ。いつの間にやと、問いたげな咽喉もとをおさえて、男三人の顔を眺めまわした。新参到来の三人山伏、喰い終ると、「さあ、さあ夜明けぬ前に…」と揃って起立。横着な足どりで戸をひらき、表の方へ並んででた。呆然と見送る貫園。「おい、おい、そこは道じゃない。よどんだ川の淵っこに沈没じゃないか」と声をあげようとしたが、もごもごと発声が何故か、かなわなかった。三人は静かに入水。白い山伏衣裳が、魚の尾びれのように左右にひらひら…。青いよどみに消えて、ぶつぶつ経文のようなつぶやきが川面を渡っていった。

とんだ夜半の騒動。夢、夢と目覚めた貫園。女も起きて、粟粥が煮たっていた。炉の火もほどよく燃えて、あたたかく「おかげで旅の疲れもとれ申した」女もそれに頷いて、やさしく笑みをこぼしかける。禁制でよかった。甘いかおりだけが身にしみたのである。

「お礼はいかほどに」山伏貫園、どんぐりのような声で問うた。女は白く頬笑み、左右に手をふる…。貫園は、女の瞳に見入ったあと、手を合わせて戸をでた。

早朝。もやもやと川面にたつのは、靄か。くしゃみが三つ。山びこを呼ぶようで、貫園は振りかえった。ひょいとしたら一夜の女が手を振ってはいまいか。そんな気がしたのである。魂消た。

あの宿が消え去っている。宿のあたりは枯れた萱の草むら。「俺は草むらに臥した」ような気にもなってきた。「ままよ、旅立ち」と、琵琶のかたちの崖沿いを歩く。清澄な川のよどみ。つい、川面に眼をおとしたそこへ、あでやかな緋鯉の遊泳。そのまわりに鯰三匹。

山伏貫園の眼蓋に、あの宿の女のふるまいが緋鯉の姿にかさなってきた。鯰は山伏。こんな話が琵琶ン瀬の宿に絵図に描かれのこっているそうな。

とんと杉山が不景気になってしまい、銭苔が這い廻ったかのように湿っぽくなってしまったこの山間の村に、村では中心街のはずれの廃屋を改造して「バア」ができたという話である。その酒場の名は「牧」と呼ぶそうだ。カウンターもあって、ニワトリが止まるようなぐあいにずらずら客が座って、「テレビに映画のような絵がで、歌詞も横に流れでるカラオケもそなえつけ、とにかく銀座のごたる気分…」と、ぼくのアトリエに、山芋を売りつけにきた者が語る。脱サラ画家のぼくは、それを聞きながら「銭苔村もしゃれたもんだね」と笑って、日は過ぎた。

それから幾月か。よそ者のぼくに、妙な風の吹き廻しがきて、「村文化財保護委員」という辞令が、朴の枯葉のように舞いこみ、肩にポンと貼りついた。その協議会の初会合が村役場で催され、そのあとこの村では一流格の料亭であり、旅館でもあるところの「玉屋」で懇親の宴会となった。顔ぶれは教育長をはじめ、善厳寺の僧侶、雑貨店栗九の旦那、前回落選の議員ズンタンといった七人、村では有数の学識経験者だそうだ。

宴会末席に新参委員のぼくは腰をおろし、「文化」とはいくらか縁遠い村の風俗談義にときおり相好をくずしながら盃をあげていた。そこへ前議員のズンタンが徳利を手に廻ってきて耳打ちは「あんたにこの肩書をスイセンしたのはわしでのう。いくら絵かきさんちゅうても、村では肩書の一枚ぐらい持っとかんとこんな宴会には出られやせんけのう」感謝しなされやと小声で、盃をぼくに差しだすのであった。彼は本来「森島善太郎」と貫禄も十二分の姓名を持つ山ブローカーである。下腹が出張ってズボンがずりおちそうな恰好で村を闊歩するところからの愛称というが、村会議員に当選したかと思えば落選、ジグザグな人生行路を暗示したむきも「ズンタン」にはありそうだ。

こうした「ズンタン聖伝」を描くのも一興とは考えるが、今日、記しておきたいそもそもの主題は「再会」あるいは「めぐり逢い」と言えば、あのアメリカの古典的なメロドラマめくので「小さなめぐり逢い」といったところにしておこう。

さて話はまた少し前に戻って、「玉屋」での懇親の宴たけなわでございますが、ここで一応の萬歳を…おきまりの文句で三唱。そのあと酒をのこしては予算がもったいないとばかり、また差しつ、差されつ、また飲んで、ようやく腰があがって、帰路の段。かのズンタン先生。「お前や、だれのおかげで委員の肩書がきたと思とるとなァ。『牧』へ行くぞ。『牧』はあんたのおごりということで…ちょいな、ちょいな」

ネオンは仄暗いスタンド・バア「牧」の扉をおして、ズンタン先生とぼくは、小屋へもつれこむ豚のごとく。そこへ村ではめったに耳にすることもない共通語の「いらっしゃいませ」といいささかハスキーな甘い声色。年のころあい四十いくつといったマダムの顔。止まり木にかけて差しだされた赤いおしぼりで顔をふき、手をふいて、カウンターにぽんとおいて、マダムの顔、しみじみと見てぼくは思慮も忘れて声をあげた。

「おう、マキコじゃないか」（そこで「牧」かと胸のうちでつぶやく）小学生の昔に帰る。そのころぼくの父は営林署づとめで、この村に駐在していたのである。営林署官舎の坊ちゃんであったのだ。官舎といっても杉皮ぶきの小さな家。そのお隣は大きな藁屋根の農家で相当の地主さんということであった。ところが若地主さんは肺病で寝たきり、その地主さんには娘が一人いて、ぼくより二級したの小学三年生であった。昔は肺病持ちの家は、伝染を怖れてずいぶんと敬遠されたものであった。大地主さんだから遠慮申したという村の気配が濃厚だった。彼女が一人ぼっちで、広い庭さきに、一人で円をいくつか描いて、スッケンギョ遊びをしていた姿が目に浮かんでくる。ぴょんぴょん片足でとんで小石をとばし、円に入ったところで、ぱあっと両足をひろげる。紺のスカートがふわっと輪をひろげて白いパンツの小さなお尻がなにか果実のように見えていた。

村では冬に入ると、小鳥を捕るワナかけが流行した。ぼくも地主さんの裏山へ潜入し、仕掛けにいったもんだ。

あの日は木枯らしの音もなく、山国の冬にしてはおだやかな日和の午后であった。学校からのランドセルを投げ出したままの足で、裏山を目指した。小鳥を捕る仕掛けワナは中腹どころの一本の山櫻の根もとが良好であった。それは周辺は杉の木ばかりの山肌のなかで、めずらしく山櫻の木が立っていて、冬の季節は、櫻はすっかり葉を落とし、梢のそこだけが明るく輪をつくった空があおがれたのである。山鳥もこの裸の櫻の木の下の赤い実のエサは眼に入りやすい。この場所はぼくの秘密の宝庫ともいえた。「さて今日は獲物はなにか」と脱兎のごとく駈け登る…。杉林の下は昼間も仄暗い闇がいた。白く息をはきながら登っているところに、まるくうずくまった物が、ぼくの足どりでたちあがって、ぼくの胸は動悸を打った。お隣の娘であった。彼女は小さな籠に寒いちごをつみとっていたのである。湿気をおびた草かげには甘露のように舌にとろける寒いちごが豊富に発見されるのであった。「お化けかと思うた。マキコちゃんだったのか」とぼくは胸倉のあたりを大げさに撫でおろした。まる顔で眼の大きな白い顔の彼女も、安堵の表情でにっと微笑した。「ねえ、ついておいでよ。ワナを見に行くとこなんだ」「いい」

マキコも中腹の櫻の木の下のほうへ小さな息をはずませながらついてきた。

「おう、かかっている！　大きな獲物だ」ぼくは喚声をあげた。「モズだ、モズだ」ワナにかかった小さな山鳥を、恰好の贄と見た猛禽の鵙は、小鳥をついばみかけて、あやまって片足をワナにひっかけ、翼を扇子のようにバタバタさせながらもがいていた。「わあ、こわい」といいながら彼女は、ぼくが鵙に手をだすのを見守っていた。「そのいちごの籠貸してくれない」「え、いいわよ」彼女は惜し気もなく、櫻の木の根もとに赤い寒いちごをばらまいた。それからぼくは上着をぬぎ、鵙をかぶせとり、籠にくるみこんで、捕獲を完了した。これで一安心とばかり、「せっかくとったマキコちゃんの寒いちご。もったいない」と言って、ふたり揃って腰をおろし、ぼくはポンと宙にほうりあげては口におとしこんだ。寒いちごは甘酸っぱく咽喉にしみた。それを彼女もまねた。櫻の梢のうえを、小春日和の青空に、白いちぎれ雲がゆっくりと通りすぎていった。

鵙は、彼女の家はずれの納屋に、鶏籠を借りて、ぼくらは飼いはじめた。魚肉などこっそり家の台所から持ちだし、彼女としめしあわせての飼育だった。片足、傷ついた鵙も日に日に、野鳥の王者とよばれるだけの風姿をとりもどしていった。

やがて冬を越し、春もほど近くなった日のことである。彼女とそろってエサをやりに納屋に入ったが、がらんと閑寂である。鵙は脱出していた。籠の周辺には、雪片のような羽毛がちらばっていた。ぼくと彼女は籠の前にしゃがみこみ、黙りこくって、羽毛に眼をおとしていた。

その春に、父の転勤で、ぼくたち一家は本署のある街へ引っ越していった。「牧」のマキコとはそれっきりだったのである。

昭和挿話

正月。みそかの雨、晴、峡のむら、うららか。

机にひろげたのは、宮脇俊三氏の『時刻表昭和史』。

昭和二十年八月十五日、正午、天皇の終戦詔勅放送の日、汽車は時刻表どおりに走っていたという話である。

宮脇さんは当時旧制高校の学生であるが、新潟県村上に疎開。父親が山形県の大石田にある亜炭の鉱山へ用件があって、回り道、村上へ立寄る。鉄道マニアの宮脇さんは、父について行きたくなる。

十二日朝でて、炭鉱二泊。天童温泉一泊。そして十五日。今泉から米坂線で坂町へ抜け、村上に戻る。今泉に着いたのが11時30分。

この駅前広場で、天皇の放送を聞くことになる。

宮脇さんは、こう書いている。

——時は止っていたが汽車は走っていた。まもなく女子の改札係が坂町行が来ると告げた。父と私は今泉駅のホームに立って、米沢発坂町行の米坂線の列車が入って来るのを待った。

こんなときでも汽車は走るのか、私は信ぜられない思いがしていた。けれども、坂町行109列車は入ってきた。いつもとおなじ蒸気機関車が、動輪の間からホームに蒸気を吹きつけながら、何事もなかったかのように進入してきた。

宮脇さんは、「機関士たちは天皇の放送を聞かなかったのだろうか、あの放送は全国民が聞かねばならなかったはずだが」と述べ、「歴史的時刻」を超越して、時刻表どおり走っていた汽車に感激している。

うららかな元日日和とはいいながら、峡のこの季はコタツなしでは、やはり寒い。私はコタツに足を突っ込み、腹這い、読んでいた。

真夏の蟬しぐれ、詔勅を聞こうとラジオをかこむ風景のくだりから、むっくり起きた。「ほおっ」と私も感服のつぶやきで、それから、私は私の中学生当時へ、遡行のドラマが眼の裏へありありと浮かびあがる…。

学徒動員のさきは、太刀洗の陸軍航空基地でした。ここでの仕事は、爆弾投下によっていくつもの穴があいた基地内に、モッコをかついだり、車力を引いて、土砂を運び、埋める役目。穴といっても溜池になっているのです。雨あがりなど、水が満々。春の綿雲なんかも映っています。そこへ、モッコを相棒とかついで汗の肩、そうれと落しこみますと、ポシャンと音をたて、ずるっと穴底へ溶けていくのみです。腰が抜けそうにもなりました。一箇所の穴を埋めつくすのに何日かかったか。おまけに空腹です。よたよたの腰前でありました。それから空襲警報もあいつぎ、そんなときはタコ壺壕にひそみ、青空に銀針をまいたように飛来するB29の編隊を、恍惚と見あげていました。

八月、桑の葉に、熱い太陽の反射。でもその木影はひんやりと涼気がひそんでいます。モッコをほうりだして、寝ころがっていたのです。

タッタッタッ……音が走っていく。機銃掃射です。あざやかな急降下。戦闘機グラマンとは、判りましたが、この不意打ちには、びっくり。思わず腹這って両手に草をしっかり握りしめていました。

こうした日々のあけくれでいるうちに、四、五日間の帰省許可がでました。食糧の事情から、里帰りの方策がとられたのではないか。小豆粥かと見れば、高粱めし、いや、飯ではなく、三粒、四粒、汁に漂うモロコシの粒。たぶんこの糧秣も底をついたのではないでしょうか。

空っぽの雑嚢を手に、手に、故郷めざして帰りました。蜘蛛の子を散らすような状態といえましょう。

さて、交通機関が問題です。汽車。チンチン電車。定期バス。これには十分な思案が必要でありました。乗りついで帰るのにはたいへん苦労いたしました。私の故郷、村は、有明海にそそぐ矢部川の源流です。山また山、なにしろ、肥後、豊後の国境。谷沿いの県道。そこをマルバン定期というバスが往来しているだけの、それは心細い交通の状況。後尾に炉をくっつけた木炭自動車。こいつはちょっとやそっとでは走りだしません。車掌さんがゼェンゼェンゼンと手廻して発火させていました。

男手不足、徴用だったでしょうか。女学生風情の姉さんたちが車掌をしていました。それを見兼ねて、私らニキビ面の中学生、それこそ勇敢に手伝いました。

栗林英子、エイコと呼んだものか、それともヒデコという名前だったでしょうか。バスには運転手、車掌の名をしるした木札がついていました。よく乗りあわせて、顔なじみになったのが、エイコか、ヒデコちゃんでありました。

まあ、エイコちゃんにしておきましょう。はるか四十数年前のセピア色の記憶であります。エイコちゃんは、ひょろひょろの痩せっぽちの女性。眼の玉がつぶらなのが魅力でした。（宮脇さんが出会った今泉駅の女子の改札係は、どのような容姿風情であったでしょうか。たぶんモンペ姿は、エイコ車掌とおなじであったと想います。）

なにぶん山国の村へ登るバスは、坂にさしかかると、吐息をついて、ガタンと停車のこともよくありました。そのときは真っさきに飛びだすのは車掌さん。「ちぇっ、またか」「うんざりだな」車内からは呪詛の声。私ら中学生は蝗の如く飛びだし、女車掌と一緒にバスの尻を押すのでした。太鼓腹のおっさんなんぞ、これ幸いとばかり、岸っ縁にたってゆっくりと放尿していました。

こうした再三の登りバス。一番山奥の村へ帰らなければならなかったのが私です。矢部川沿いのながい道程のなかでの同級生、ヒロシ君といえども、平という鉄橋の手前で降りて、なつかしの我が家。エイコ車掌との道づれの私は長い時間を得ることができました。

こんな関係で、ヒロシ君は、私とエイコちゃんが子どものころからの知りあいだったように、いささか羨望気味に思いこむようになったようです。そうしたヒロシ君の認知に対して、はっきりと否定はいたしませんでした。嬉しげの表情ではなかったか。

矢部川峡谷の道を往来するバスは、戦局が悪化すると共に、エイコちゃん車掌搭乗のバス一本になってしまいました。一本乗りおくれると大変なことです。いつの日の帰省でありましたでしょうか。家でうかうかと時間を費やして、一本のバスをやりすごしたのです。このとき、ヒロシ君はバスに乗って、私が乗車しているか、どうか、車内を見廻したそうです。一本きりの往来バスは、ほとんど満員、鮨詰めでした。奥のほうに彼はちぢこまっているにちがいない。だが親友へ寄せる思いはつよく、車掌の彼女に訊きました。

——洋次君は乗ったやろか。

——えっ、洋次君て誰。

車掌の彼女は、いぶかしげに頸をかしげました。ヒロシ君は狐につままれた顔になりました。動員寮におくれて着いた私を、ヒロシ君は待っていましたとばかり

——おまえさんのこと、ひとつも車掌の彼女は知っとらんやったばい……。

このひとことに私は赤面、返事ができませんでした。でも、おくれた私がつぎのバスに乗り込むと、車掌のエイコ嬢は、こう私にやさしい微笑の顔で話しかけたのです。

——あなた、洋次さんっていうのねえ。

天皇陛下の玉音放送は、山峡の家の古ラジオで私は聞きました。これから「日本はどうなることか」と心配ながらも、翌日、動員寮に戻るために、いつものバスに乗りました。しかし、このとき車掌のエイコ嬢の姿は見当りませんでした。

おさがり女房

　江戸のむかしの話であろうが、霊峰釈迦岳のふもと雑木林の多い三倉の里へ、豊後前津江の村から、けわしい峠を越えて、炭焼き仕事にやってくる男がかなりあったというのである。なかに里の若い後家さんとねんごろになり、そのまま住みついたという善兵衛さんの前津江ばなしは面白い。

　この三倉の里には、放生池といったものはないようである。だが前津江の村には、大きな池が一つあった。うしろには、でっかい株の椿の木が茂って、小鳥がよく鳴いておった。椿の真赤な花が咲くころには、メジロがたむろして花の蜜を、まるで乳房にすがりつくように吸わぶって、可愛かった。池の面はどろんと蒼味がかって、底はぬるんとして、ナマズだの、ドジョウだの、鮒っ子、鯉もいたし、ヤマメ、ハヤの子などは、つんつん群れをなして泳ぎまわっておった。そういえば池の横道に、小さな地蔵さんの祠もあり、一帯には神秘の空気がだまりこくって漂っていた。

　放生池とは――捕獲され、食べ物となる運命の魚や鳥などを、池や山野に放って善根を施す。供養のようなものである。

浄真寺の智旭和尚は、つぎのように説教した。「むかしむかしのことじゃ。とおい唐の国から坊さんが渡ってきやんや。曇静僧というお方で、この坊さまが池を掘ることをすすめられたんや。おわかりか」朗らかな頭丸坊主の善兵衛さんは和尚の口調で情景を物語った。

前津江の放生池は、元禄のころに掘られたとは、後長谷部《あとはせべ》庄屋の日記に書いてあった。どじょうひげの庄屋は、なんでも書きつけるのが趣味だった。

記

○元禄卯十二年正月二十四日、権現祭二組に分る

（村落分裂か。庄屋が提灯さげて調停にあっちこっちの往来）

○元禄午十五年十二月十四日、江戸浅野仇討（庄屋の情報収集の能力に魂消る）

○正徳巳三年　大せまちほり次

○正徳午四年　長後道畑ほり次

○正徳未五年　川内そねの畑ほり次

（豊後の国日田郡前津江は天領。年貢上納に百姓村は難儀した。そこで水田開墾に大わらわの労働のようにも見える）

○正徳未五年六月十九日、権現放生池さらえ

（どじょうひげの庄屋は、これはという事件、又は村行事について記録すべきと思慮の場合は

きちんと月日までしたためている）

浄真寺にのこる宗門御改帳に、
藤右衛門　五十三歳　旦那
女房　ふき　四十五歳
倅　参吉　二十歳
弟　彦八　四十五歳
（その当時の戸籍簿と見て差支えはない）

さて村では権現放生池さらえの日。当主藤右衛門は、ごほっごほっと咳烈しく、池さらえに出るのをあきらめて床に着いたまま。女房ふきは彦八と、それぞれざる、鍬を持って池に向かった。村あげての行事である。「おう」とか「あ」とか、威勢よい掛け声で、池のまわりに集合である。「ふきさんな、旦那のかわりかや」「あいな、うちのとっつあん、こんところ弱ってのう」「ふきさんがあんまり、つやつやしとおるからのう」と、男衆はなにやら、なぞめいたねたましそうな声をあげるのだ。

女房ふきの赤い湯文字のちらりと見える腰からげ。肌白いふくらはぎ。桃の実そっくりのお尻

のあたりもよいが、顔だち、まるく、眼ン玉が黒くつぶらに生きていた…。（男ごころをそそる魅惑のおんなと察知される）

池さらえは、まず水を落す。溝に鍬をいれると、蒼くよどんだ水の色も、白く飛沫をあげて奔流した。しばらくの時をおいて、池にどろどろに衆が入りこんで、ばちゃばちゃ跳ねる魚をざるにすくっては、地蔵祠よこの溝口をせきとめたところへ放りこむ。「おう、ふとっとるな、この鯉は…」「あら」「ほら」泥ンこのまま、ざるにすくいあげるドジョウの白い腹。ナマズをおっかながって、腰模様がたよりなさそうな男衆もいるなかで、ふきさんの手つきは器用に、魚をすくいあげて見事である。

姐さんの甲斐がいしい手つきに、見惚れた弟分の彦八は、まったく目を白くして、頸だけを、上下左右に動作を追っていた。「こりゃ、こりゃ、彦八どん、あんたの足もとのフナっ子一匹ぐらい捕えてどうや。ふきさんばかり見おって、おかしいばい」

魚を大方すくいあげる仕事がすむと、つぎの段どりは、池底のどぶ泥をとりだささなければならない。この仕事は骨がおれた。男の顔も女の顔にもぴしぴし泥がはねて、ひょっとこ面であった。

泥ンこ顔で、昼のにぎり飯を頬張って、一息。「わしゃ歳や、腰がしびれてしもうた」と、草むらに寝こんで、「あ、痛た」青く剣のように伸びかかった芒やら、薊の花のなかに倒れこんだ若衆。「まあ、まあ」と、ふきは気丈な声音だが、やさしかった。彦八は姐さんの疲れをしらぬ風情に、妙な恋情が稲妻のように胸にきた。

陽のながい一日も、西の彼方にそびえる釈迦岳の頂にひっかかって、「さあ、さあ、もうひとふんばりせんとしまえんぞ」と庄屋は気合いをいれるが、この刻になると衆は黙々と声がない。きれいにどぶ泥をあげきって、地蔵祠よこの溝を切って、魚の群といっしょに池へ水を流しこんで、権現放生池さらえの行事がおわる。浄真寺和尚の読経のあと、「しめあげ」の酒宴が夜半に及んで、村の衆は一日の疲れを洗いおとしに乱痴気のどよめきが庄屋の屋敷に湧く。

村を囲む山の辺に半月がかかっていた。彦八とふきはつれだって庄屋の家をでた。「姐さん、腰は痛うなかか」「ふふん」とふきは笑って彦八のいたわる眼を見返した。「よか月夜だのう」と彦八はふきの眼をそらしたが、そのまま、とぼけたような声色で、「わしあ、この齢になって、嫁をとらんのはのう」「なんの、彦八つぁんな、おなごは好かんととちがうの」「うん、姐さんだけが好きや」酔いのかげんもあったにちがいないが、「のう、姐さん」と、懇願の声で、ふきのさげたざるの手をとった。ふきは、彦八のさしのべた手にざるをおとして、足をとめた。

道辺のムクの梢に、ふいに風が音をたてた。月がかげった。彦八はふきの肩に両手をかけて、ふきにむかいあった。ふきは思わず観念したように眼をつぶった。

善兵衛さんは炭焼き小屋の前に、むしろを敷いて、どぶろくの徳利を傾けながら、手伝い人夫の若衆に物語る。「藤右衛門どんは、それっきりあの世へ旅だちになり申した。一周忌がすんでから、彦八やんはふきさんといっしょになりはって、そりゃ仲睦まじい夫婦でくらしなさった。お彼岸になると、揃って藤右衛門どんの墓参り。そりゃ白髪のおつむになっても変らんやったけのう」若いべっぴん後家と評判した三倉の里のふきさんが小屋へ弁当を持って登ってきた。

三倉の里もようやく春めいた風である。

せいしょこさんまつり

飯干の村はずれに、「せいしょこさん」とよぶ古びた小さな祠がある。裏手の方に、こんもり椎の木が一本立っていて、五月の頃には、白黄色の花をつける。それが往還からひときわ目立って、酸味を帯びた芳香が飛びこむようにも思えて、祠の目印となった。

子どものころには「せいしょこさんまつり」といって、大人たちが神酒をあげ、笹粽に柏餅なんぞをお供え、祠の前に花茣蓙をひろげ、酒盛りをして祝った。

ほうれ、よいとんまけ
朝も早よから、どんとかかる
せいしょこ　せいしょこさんなァ
おわりなごやの城つくり

そこで子どもたちは、大人らの手拍子に乗って、木材運搬の手つき、しぐさで祠のまわりを踊り廻った。当地流儀の「木やり節」らしいものであった。

そんな子どもの日を、椎の花が咲く頃になって思いだしたわけだが、そこで気がついたのが、亡父が晩年に書きのこした『村社記』である。晩酌をしながら思いだした。盃をおいてたちあがった私に妻はけげんな顔で「なにごとですか」と言った。私は雑誌書籍のたぐいをつみかさねている倉庫の二階へあがった。「あのへんに『村社記』は置いていたはずだ」とひとりごちながら、裸電球のスイッチをパチンとひねった。雑然たる物置き倉である。古道具類の間に、古新聞古雑誌古本とつみあげている。おめあての『村社記』は何処にあるや…。容易に見当らない。晩年、宿痾の胆囊《たんのう》を手術、とんと老化の父は何を考えたのか、ノートに書きためていた記録を、八女市唐人町のクローバー印刷工房と称するタイプ印刷屋さんに頼み、こっそり出版していたものである。息子の私には何一つ打ち明けるでもなく、頬かむりの態で、幾莫かの知友に郵送したあとは、佛壇の下の押し入れにしまいこんでいた。水臭い親爺だと思いながら私は無関心をよそおって過ごした。亡くなったあと、二、三冊をのこして誰彼となく分配した。もはや父が死んで十余年、今頃になって亡父の思惟といったものが、おぼろげながら理解される。息子に対する父親の奇妙な羞恥心！父のこの世の遺業に対し、無頓着であった私。親子のこのちぐはぐな関係は、一種悲哀な関係でもある。それも物置き倉に古書同然葬りあげるとは、非礼横道の息子である。今になって貴重な遺品と覚えて、狼狽の眼で漁りこんでいる。どれほどの時を過ごしたか。「あった、あった」恥かしながら冥府の父との再会のような感じすら湧いた。私はほこりにまみれた『村社記』をポンポン掌ではたき、倉庫をでて、茶の間に戻った。「そんなのをさがしていたんですか」と妻はまたいぶかしげな表情で「まだ飲みますか」と言葉をついだ。「うーん」とあいまいな返事で、私は『村社記』をめくり「これだ！」と思わず声をあげた。

(九)加藤神社　通称「せいしょこさんの宮」村内ニタダ一社奉祀セリ、祭神　加藤清正　由緒不詳　例祭六月二十四日　社殿横一間四尺　入一間三尺　境内七坪　信徒十七人

「せいしょこさん」と子どもの耳にしみこんでいたのは、肥後熊本城主加藤清正公のことである。だがわが村落は肥後とは国境とはいえ、筑後の山間なのだ。清正公をこの地に奉祀とは、不思議な話である。「由緒不詳」と父が記しているのは正直と見たてられる。この「不詳」を追求、推理の思いにかられたのが不肖の子である。

それからしばらくの日を経て、私は『肥後国誌』のなかの三行が眼にとまった。清正公五十年の生涯は、豊臣と徳川の天下のあいだに架けられた一本の綱、その綱渡りに、剛直赤心、いくたびとなく生命を賭している。銀杏の青葉、堅固な石垣を幾層段にも重ねてそびえる熊本城の壮観は、清正公一代の豪宕なる精神の結晶だ。

ところで『肥後国誌』には、山伏塚由来なるものがつぎのように記されている。「山鹿街道ノ畦畑ノ傍ニ有之、真言山伏故アリテ此所ニテ刑セラレ其遺骸ヲ埋シ所ト云。一株ノ根ニ墓石アリ。銘ニ曰、権大僧都法印竜蔵慶長トアリテ、木ノ根ニ包マレテ文字不見」清正公が熊本城築城の際、地鎮祈祷に山伏法印を招く。その行事が無事終了、その労をねぎらって酒肴が供された。法印は清正公のもてなしに酔いがまわって城がまえの壮大さを仔細に讃仰した。それを聴いていた清正

公は「この者、他国には出し難し」と漏洩を恐れ、よって殺害した。

山伏法印には弟子の供者がいた。妙法と称した。いくらか頓狂の風があった。ただ酒が飲めなかった。一杯の盃で顔面狒狒のごとく赤面した。そこで清正公のもてなしの宴は辞去した。その夜は城をでて、街なかにまぎれこみ、ある宿に女を求めて寝た。好色な破戒山伏である。女は眼もとに涼味をただよわせこころをそそる女であった。翌朝、師法印を待ったが出会えず、また逗留した。三日三晩を過した朝方に、法印殺害の噂を聞いた。身の危険を感知した妙法は、女を誘って山鹿街道を野猪のごとく駈け走って、夜も日もなく、筑後境の山脈を越えた。

こうして飯干の村にでたのである。村はずれに一軒の廃屋があった。逃走に疲労困憊、女は倒れて動けなくなった。ここで妙法は乞食托鉢、一汁一菜を得た。人情味をもつ村だちで助かった。妙法はまことしやかにお礼に百姓の手をとって占いを進じた。手相を見たのである。運、不運を観相した。しかし妙法は、ほとんど「これはこれは円満福徳の相であらしやる」と莞爾の顔で相手を賞めちぎった。一日の糧を頂戴したうえに、あべこべに妙法は合掌を受けて、ホトケ顔で照れて赤面した。

女もやがて元気に回復、住みよさそうな土地柄と気に入って、村を離れず、祈禱と占いを業として、あいまに裏手の草藪を拝借、里芋なんぞを畑作した。妙法は、妙に動き廻ってはと肥後からの忍者に杞憂を感じたのである。かの女と共に暮らせる身であれば、この辺地に籠って隠者となるのも至福と心境を定めたようである。破戒坊との覚悟はしなかった。

こうして年々歳々と日を過ごすうちに、おりに旅の者が草の種のようにこぼしていく談話に、肥後熊本城下の風聞も耳にきた。法印殺害といった酷刑な処断とは裏腹に、清正公の領民はひとしく主君に敬慕の情を寄せている模様。妙法はキツネにつままれたような気もする一方、安堵の思いで、いつしか清正公崇拝を受け売って、小さな祠を建て、修験のよりどころにしたのである。

それから妙法は髭をはやした。将軍家康が清正にむかって「貴殿は長い髭をたくわえているが、もはやその必要はあるまい」と問うたのに、清正は「重いカブトの紐がよくしまるので髭をたくわえたが、今は大事な戦陣の記念でござる」と返答に及んだという風伝にいたく感服して真似たらしい。女は笑った。妙法は祠の裏手に風除けを考えて、一本の椎の木を植えた。さらには近在のわらべたちを集めて、ツー虫行列なるものも催して、清正公をしのぶ祭りをはじめた。ツー虫行列というのは武者行列を指したものだという。

私らが子どものころ、木やり節やら踊らされたりしたのも築城当時の再現のようであり、菖蒲の葉を鉢巻きにさし、竹の棒を槍に見たてて、「せいしょこさん」と唱和乱舞したのも、山伏妙法の伝承と推定されそうなことである。あの鉢巻きに菖蒲の葉をさしこんでくれるのは女の子ときまっていた風習も想えば、妙法。初夏薫風、虚々実々の回想である。

万蔵が堤の柳一本

石わり岳のふもとに、蒼い水をたたえた堤がある。山裾がちょうどひとの膝のようにひらいているところに、土堤を築いて水を貯めた按配である。この池のおかげで、標高五百米余もあろうという一帯の村落に、たんぼがひらけ、初夏に早苗が美しく風にそよぎ、秋には満目、だんだんの棚田に黄金の稲穂が波打って、雀がはねる。

万蔵が堤と呼ぶところから、むかしむかし万蔵さんとやらの人物がいて、この山麓に貯水の法を考えたと推察されそうであるのだが、万蔵の故事来歴については曖昧模糊として、たしかな事実を語る者があたりにはいない。

ただ土堤にならんで咲く山櫻のあいだに、柳の木が一本たっていて、それにまつわる昔話をするおばあさんが一人いた。

それはむかしから山櫻の下で花見の酒もりをするのが、この村のならわしであった。花見にほどよい場所である。春一番が吹き渡って暖かくなり、花が満開になると野良仕事を一日休んで村中酒もりをした。盃をくみかわし、太鼓を持ちだし、浮かれて踊った。踊るときには不細工なヒョットコ面をかぶって踊った。ヒョットコ面はしばしば女たちの尻をなでまわるので、「せからしかァ！」と甲高い声で笑いとばされた。さように村びとは桃源郷のごとく鷹揚に暮らしていた。

年々歳々、季節のながれに従って、寸分変らぬしきたりを頑固にまもりつづけたのである。

それがいつの春の花見であったろうか。酒もりのさなかに、頭に風おれの烏帽子をつけ、ひげもじゃの男が突然あらわれた。ことに男の衆はみんな酔眼朦朧であった。

「あんたはいったい全体、何処からおいでかのう」「わしかや、わしゃ国境の津江からきた山法師でのう」「なにしに、こげなへんぴな山奥までござったか」「なにしいもあろうかの、この堤をこさえなさった万蔵法師が泣いていなさる。供養に駈けつけたんばい」

唐突な人物の出現、奇怪な問答に、太鼓を打っていた男もバチをとめた。ヒョットコも面をとった。しんかんと静まって、みな耳をたてた。おりから少しの風に、花びらが吹雪に舞いたった。ひとむれの花びらは白い羽虫のように水面を渡って浮いた。「村の衆よ、年にいっぺんぐらい万蔵供養をしたらどうか、わしがあ、お経のひとつはあげ申す」万事ののどかな村の習慣を針でつつかれたようなぐあいであった。律儀な村人は一様に頷いたが、「今日のところは花見じゃけのう」「そうとも」「そうたい」と、この場でにわかに供養とは参らぬ。山法師は眼をつりあげては、あごのひげを無念そうに撫でまわし、なにやらぶつぶつヘンジョウコンゴウ、シャナブツとつぶやいてから合掌した。

これはいつか廻ってきた山法師の読経のようでもあると古老のひとりは思い、山法師の眼を見すえたとたんに、ひげもじゃは悲しそうな眼つきで、ヘンジョコンコンと鳴くような念佛で二、三度くりかえしたが何を思ったのか「おれにも酒を飲ましてくれ」とまた合掌した。ほんねはお酒が欲しかったんやと村人はささやきあい、山法師に盃をとらせた。烏帽子に痩顔痩躯の山法師は、くっくっと奇態に笑って舌つづみを打った。それから際限もなくぐいぐいと飲み呆けて、村人を魂消させた。しばらく飲みつづけたが「おれにもヒョットコ面を貸してはいよ」といい、面をつけた山法師はてんてこ踊りだした。れんこんの根のような腕を大蛇のようにくねらせ、自ら唄いながら踊りまわる…。

せっせのせえ、
石わり土堤から　西を指《さ》いて見ればの
ホイホイ　うれしの花はどこにさく
せっせのせえ、ホイホイ

踊りながら、うれしの花は…とくりかえし、西の家のおかみの手をとって、踊りの相手にさそうのであった。村では器量よしのおかみは、手をとられてよろけるような腰つきでたちあがった。他の連中は、せっせの、せっせのと手拍子を打ってはやしたてた。当のムコは見て見らぬ素振りで、がぶがぶとやけに飲んだ。山法師は満足そうに笑って、おかみの手をとって踊りつづけた。おかみも調子にのった腰もようになっていった。

思いがけぬ飛入りのおかげで、花見の酒もりははずみ、乱痴気、泥酔、空に星がでてもつづいた。その夜はおぼろ、だれがどのようにして家に戻ったのか、さだかではなかった。

翌朝のことである。西の家のムコ、男は狼狽した。いっしょに帰ったはずの女房が見当らないのである。おきぬや、おきぬやと裏の井戸端のほうへ声をかけたが返事がなかった。ケキョケキョと鶯が鳴いているだけである。

「さてはさて、あの山法師奴、おれの女房をさらっていったか」と男は腕をくみ、歯をぎしぎしきしませた。それから腹がへっては仇討ちはできぬと、昨日、女房が炊いた冷やめしをどんぶりにもり、茶をぶっかけて箸をとった。喰べながら、とんだ花見の災難、こんな目に会うほどならば、朝晩、子も産みきらぬ石女なんどと遠慮もない罵倒はつつしむべきであった。なんぼかやさしいことばの一つ二つはでなかったかとざんげ反省もしたが、無性に腹も立つ。万蔵法師のたたりかとも思った。あれこれ思案のあげく、男は長柄の鎌を倉からとりだして堤のほうへ登っていった。

きのうまで、らんまんと満開であった櫻の花が一夜にして散りはてていた。花はまぼろしであった。そうして櫻の樹のあいだに、一本の棒のようなものが突きたっていた。山法師奴が杖にしてきた木の枝にちがいなかった。あとは黄色い風が走ってきて堤の水面をすべっていくだけのさびしい土堤である。

〝石わり土堤から、西を指して見ればいのう〟と唄い踊り狂った法師の文句がなにやら呪文のようによみがえって、男は西のブナの森のほうへ登っていった。森の下草がおれていて、人が通っていった気配が見えた。男は注意ぶかく草むらに眼をおとしながら登った。朝の光に草の葉に露の玉が涙のようにしたたっていた。男は長鎌を先導に、息をころすようにして足をはこんだ。

どれほど登ったか。冬の名ごりの落葉をためた窪地にでた。男は何回も眼をしばたいた。なんとそこに女房が寝込んでいる…。おどろいたことには子狐が胸もとをはだけて乳房をすわぶっていた…。

男は頭に血がのぼって、子狐をめがけて鎌を振りあげた。子狐があわれみをこうようにうるんだ。「こいつ奴！ 女房をたぶらかしおってー」切り殺そうとした瞬間、どうっと一塊の岩塊のようなものが男の脚もとに飛びこんできた。男は無我夢中になって鎌をふり廻した。女は眼がさめたように背をおこした。鎌にひっかけられたのは親狐であった。「この野郎、山法師に化けおって…」正体を見届けたとばかり鎌でなぐりかけた。乱闘のすきに子狐は悲鳴をあげて森の奥へ逃げこんだ。

男はとらえた親狐をかつぎ、まだ酔いのさめぬような足どりの女房の手をとって山をおりた。

男の狐退治は大いに評判となった。だが、その後、女房はむっつり夫に口をきかなくなった。責めたてると泣きくずれた。男は途方にくれた。七夜もすぎた未明、女房の姿が消えた。行方は杳として知れなかった。

いま万蔵が堤には、並んだ山櫻の間に、一本の柳の木が若葉をそよがせている。それは奇妙なとりあわせではあるが、誰も格別なものとしては眺めていないようである。ただ柳の木は、村ではいち早く芽を吹きだすので、村人は春風の到来を知って彼岸の草餅をこしらえる。

からたちお堂

カラタチ（枸橘・枳殻）ミカン科の落葉灌木、中国原産、日本には古い時代に渡来した。枝は緑色無毛で稜角、とげを互生する。芳香ある白色五弁の花。四月から五月にかけて開花する。果実は球形、十月ごろ黄熟す。乾して漢方、枳殻《きこく》といい、健胃剤とする。（『原色樹木大図鑑』）

からたちの咲く頃は雲浮き易し　米作
父母在せば枳殻の実の数知れず　波郷

さて、先日来の話であるが、「枳殻」と呼ぶわが村の小字地名について調査いたしたいと、教育委員会を訪ねて見えた。差出された名刺には、「日本郷土史研究学会委員」と肩書があって姓名は、「丸呑八十郎」とある。齢は六十すぎか。白髪、眉毛のみは黒く、憂国の志士めいた痩身の人物である。

「まるのみさんとお呼びしますか」

「けっけえ」とご一笑のあと、「ガンドンでごわす」と、胸をそらされた。うさんくさいご仁だとは想定したが、何分遠来の客である。私は応接椅子におかけくださるよう、おすすめした。「ところで、当地には『枳殻』との地名がございますなあ」「はあ、当地では『きこく』と書いて、『ゲーズ』と発音いたしております」「けっけえ、ゲーズとは、エーゲ海ならばエレガントであるが、なんと下品というか、下劣至極…」「なにぶん方言でございましていたしかたございません」「けっけえ、方言にしてもね、当地の素性がうかがわれる」ゲーズがなにやら失策でもおこしたかのような詰問である。「まあ致し方あるまいのう。ところでそのゲーズなる当地には枳殻樹はたっているか、どうか」ゲーズが告発でも受けているかのような質問である。「はい、村には二箇所、枳殻、つまりカラタチの木、いやゲーズの大樹が繁茂している場所がございまして…」「それは真実でござるか」「はい、当村は地図でご覧のとおり、東は豊後境、西は肥後境となりまして、二つの国境にゲーズの木がたっていまして、まぎらわしいせいか、豊後境のほうのゲーズには山枳殻ということにしまして、『ヤマゲーズ』と呼んでおりました」「それは真実か。まことか。地図には、『枳殻』の一箇所のみの記載になっとるぞや」「まあ、ここで存否を論じてもはじまりませんので、まずはヤマゲーズのほうから案内しましょうか」「けっけけえ、左様、願うとするか」

丸呑氏の車に便乗、豊後境の奥地へ走った。車のなかで、私は丸呑氏に小学生のころ、ヤマゲーズの村落をぬけて、猿駈山に遠足に行った思い出なんぞを語った。

あれは四年生の頃であったか。小柄なまる顔の眼のくるりとした愛くるしい顔の若い女の先生が受けもちで、「ゲーズというのは筑後地方の方言で、標準語ではカラタチ」と呼ぶことを教えてくれた。それから先生は顔とそっくりのまあるい声で、うたってくれた。

からたちの花が咲いたよ

白い白い花だよ

甘いあの声がまだ耳の底に、花のように揺れている。追憶というものは、現実までも抒情化させる。丸呑氏の随行ということさえ忘れかけたほどである。

抒情の境地にひたっていたところ、昔の道路とちがっている。たしかにこのあたりをヤマゲーズとよび、お堂が建っていて、古池があって、ゲーズの樹が枝をいっぱいに張っていたはずだが、見当らないのである。「基幹林道」という新しい幅広い道路が無表情に突きぬけて、猿駈山の麓へ走っているのみだ。

田んぼは青草がぼうぼうと伸び、昔は数戸の世帯を張ったと想定させる廃屋、朽ち傾いた藁屋根が一戸、見えたのみである。私は弱った。尋ねようにも人影もない。途方にくれた。いくども頭をかく私に、丸呑氏は勝ち誇ったような声で、「ウソはいけませんね。どだい地図に載っていなかった。そんなアイマイなことでは困る。もっとしっかり、しっかりして貰わなきゃ…」と拳を宙に振りあげた。

あの白い花を咲かせたカラタチの木までが消えていたのである。そこで私は平身低頭し、肥後路のゲーズに向かった。当地のカラタチの木がかつて存在したという立証の方法がなかった。ただ、若い頃、私は当地のカラタチの木をモデルに短い童話を、ある子どもの雑誌に発表したことがあるので、丸呑氏にそれを読んで貰おうかとも思ったが、丸呑氏の只今の精神状況から察して、とても理解はムリと判断した。

実は、つぎのような物語を書いていたのである。

○

からたちお堂

むかし、この山国の村へ、ある坊さんが白いつつみをせおってやってきました。村人はいったい何をしにきたのかと、ふしぎな顔でむかえました。

「わたしはたいせつなほとけさまをせおってきました。どうか、このお堂へ、まつらせてもらえませんか」

坊さんは、くわしくさとしましたが、どうしても村人はのみこめませんでした。しまいには、めいわくだというように「さあ、かえって、めしをくわなきゃ、日がくれるぞ」と、それぞれの家に、ひきこんでしまいました。

こまった坊さんは、その夜、村の小さな、かやぶきのお堂で、一夜をあかしました。

そのころ、村には、よく代官がまわってきては、村人がたんせいこめてこしらえたお茶とか、しいたけをとりあげていくのでした。

将軍さまへ、みつぎものにするためのようです。

その代官の顔に、坊さんはそっくりです。色の黒さといい、右のほほのいぼといい、何もかも、おなじです。

通りかけるたびに村人は、坊さんの顔を、へんな目で見ていきました。

「代官がにせ坊主になって、われわれのようすを、うかがっているのかもしれん」

「あのまま、ほうっておいて、よかろうか」

「あとで大へんなことになるかもしれん」

村人はすこし心配になってきたようです。

こっそり坊さんのところへ、おむすびをこしらえてとどけるものもいました。坊さんはそんなうわさは、つゆしらず
「ありがたい、ありがたい」と、ていねいに手をあわせます。村人は、ますますへんな気持ちになって、こそこそとたちさりました。

さて、しばらくたってのある日のこと。

村へ馬のひずめの音が、高らかにひびいてきました。代官にちがいないのです。やっぱり代官でした。

お堂のよこで、何やら種をまいている坊さんを見かけるや、いなや、代官は奇妙な顔をして馬からおりました。しばらく坊さんをとりしらべていましたが、白いつつみを見つけると、いいました。

「これは何じゃ…」

坊さんはうやうやしく、白いつつみをといて見せました。みつぎものを持って集まってきた村人は、目をこらしてなりゆきをうかがっていました。

「みごとなほとけだな。これをこのたびはちょうだいして参ろう」

坊さんが「よろしい」とも言わないのに、代官は白いつつみを持つと、ひらりと馬にとびのりました。ところが馬がはねだしました。代官がパシッとむちをくれると、馬はいっそうはげしくあばれます。代官はそのひょうしに、白いつつみをとりおとしてしまいました。すると、馬はおとなしく歩きだしました。代官はいぼのほほを赤らめて立ち去りました。

いまなお、村のお堂には、みごとなほとけさまがまつられています。坊さんがそだてたという「からたち」の木は、お堂のやねまでのびて、春には白い花を、秋にはかわいい黄色な実をつけているそうです。

あとがき

『縁』因縁《いんねん》、機縁、奇縁……と辞典をとりだしてみれば……邂逅～思いがけない出会い……そして、厚、好誼～なみならぬよしみと～〝ゆうやけこやけだれもかからぬ草の罠〟原郷樹林、北九州戸畑住いの俳人穴井太師とのめぐりあいは格別天の配剤と、この一冊の上梓に際して思います。穴井俳人主宰の「天籟通信」に、奥深い原郷のものがたりの執筆依頼には、欣喜、そして雀躍！〝山峡かぎんちょ草紙〟と表題をかゝげたのは、山里の藁屋根、囲炉裏ばたで、爺さんが孫らに語り聴かせる昔ばなし……といった調子の――されど創作……。

原稿をとゞけると、たゞちに受領の――そして感想の葉書。〝八女の山奥は、ひときわ秋色を深めていることと存じます。〟〝「かぎんちょ」調で、おおらかに……「からたちお堂」心を鎮めてくれます。〟〝鵙ちょろちょろの作は自在な発想、しかも山峡の侘びが思われます〟今にして想うのは、穴井俳人のこのような温情こもる寸評めく受領の葉書はていねいに日付とともにスクラップに保存すべきであったと後悔の念深し。

俳誌「天籟通信」穴井師亡きあとを編集主宰の福本弘明氏、それに連載誌に野趣そして風味格別のカットを添えていたゞいた絵草紙の画家山福康政さん、奥さま緑さんは同誌に100回連載のエッセイ「天窓句談」を一冊にまとめあげていたゞくなど、また俳人赤星文明さんの書箋、ことに和趣にとむ短冊の恵贈。句縁の有難さと申すべきか、九重筋湯の温泉宿経営の甲斐加代子さん、あの湯のあたゝかさも――。表紙装画は宮崎の画家道北昭介さん。この画家との縁も――篠栗の福岡県教育センターでの出会い……ここに多くの方々への深謝はつきず……

この一冊の上梓に当り、改めて『奥八女山峡物語』と題したのは、若き日に愛読した民俗学者柳田国男翁の『遠野物語』のひそみにならったような思いである。

たゞし、この私の物語はすべて、ある一片の地名、うわさばなし等をヒントにしたフィクション。それに『奥八女』と、「奥」の名称をつけたのも、実は、交誼の古川恒夫さんいつ代さん夫妻が茶販売を企図したときに「八女東部茶」ではかた苦しい、おだやかに「奥八女茶」とネーミング、包装紙に柳川の北原悌二郎画伯にお願いしたり――そこで「奥八女……」が広く矢部川源流一帯を称するようになったいきさつも88歳、米寿の齢を期して書きつけておきましょう。

少々、弁明多岐のあとがきとなりましたが、これまで教師、そして売れない文筆家業を支え、家業専念の妻陽子、さらに縁ありて書肆侃侃房田島安江さまの好意あふれる誠実な上梓出版への御尽力に深く感謝申しあげます。

平成二十九年（二〇一七）

紅黄落葉しきりの天窓舎にて――そして山茶花の紅ともる朝に――

●著者プロフィール

椎窓　猛（しいまど・たけし）

昭和4年（1929）年9月28日生まれ。父均の小学校教師勤務の都合、矢部、日出小へ転校後、昭和17年県立八女中学へ。そのあと福岡第一師範本科卒業、小学校教師として勤務転々、この間、福岡教育センター歌はじめ、福岡県下幼稚園、小、中、高校あわせて15校の校歌も作詞。詩、童話、小説などの創作活動も——。矢部村教育長時代、“ふるさと創生”の一部を基に「世界子ども愛樹祭コンクール」を創始、26回を重ねるが、現在、特別相談役を務める。日本文藝家協会会員。福岡県詩人会会員。「九州文学」同人。

奥八女山峡物語

2017年12月25日　第1版第1刷発行

著　者　　椎窓 猛
発行者　　田島 安江
発行所　　株式会社書肆侃侃房（しょしかんかんぼう）
〒810-0041
福岡市中央区大名2-8-18-501（システムクリエート内）
TEL 092-735-2802　FAX 092-735-2792
http://www.kankanbou.com
info@kankanbou.com

装　幀　　園田 直樹（書肆侃侃房）
D T P　　吉貝 和子
印刷・製本　株式会社西日本新聞印刷

ISBN978-4-86385-292-1 C0095